典藏文學

魯德亞德·吉卜林

Rudyard Kipling

1865-1936

叢林奇譚 & 怒海餘生

The Jungle Book & Captains Courageous

魯德亞德·吉卜林

Rudyard Kipling

1865 - 1936

認識魯德亞德‧吉卜林

　　魯德亞德‧吉卜林為史上最年輕的諾貝爾文學獎得主。

　　1865 年出生於印度孟買，6 歲時與妹妹一起被送到英國寄宿學校，但這段經歷並不快樂，與他在印度自由愉快的童年時光大相逕庭。童年的經歷影響到吉卜林日後的創作風格，他會透過作品表達對兒童的關懷，且擅長描述以印度為背景的故事，將他熟悉的印度風光和生活描繪得宛如身臨其境。

　　吉卜林一生中都在文字海航行，他扎實的文筆和精彩絕倫的故事，歸功於他平常醉心於旅行和採訪，熱衷記錄各地的民俗風情和當地軼事，亞洲、歐洲和美洲各國都留下他的足跡。早年以記者身分遊歷印度時，他出版了 6 部短篇小說，其中包含著名的《霸王鐵金剛》。吉卜林因為旅行經歷對世界各地的文化民俗都有深刻的認識，並將其回饋在作品當中，閱讀他的故事就像與主角們一起踏遍世界各地，他也因此成為當代最受歡迎的散文作家，並被譽為「短篇小說藝術創新之人」。

　　1892 年婚後，吉卜林開始了兒童文學的寫作，並在當時寫下了《叢林奇譚》、《怒海餘生》、《原來如此故事集》與《基姆》等多部經典作品。《叢林奇譚》因為充滿想像力的設定、主角毛克利的勇敢與成長歷程深入人心，在當時還影響了童軍運動的創始者羅伯特‧貝登堡，他取得吉卜林的同意，將童軍運動和書中內容相結合，運用書中的角色和設定，讓孩子們在有趣的故事中學習與訓練。除此之外，《叢林奇譚》也被改編成多部影視作品，包括 1967 年華特迪士尼製作的經典卡通《森林王子》，1989 年由日本東京電視臺製作的《森林王子：少年毛克利》電視動畫，2016 與 2018 年的電影《與森林共舞》和《森林之子毛克利》等，由此可見吉卜林作品影響之廣泛與觀眾對他的喜愛程度。

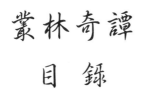

叢林奇譚

目 錄

第一章　狼孩毛克利

那是在西奧尼山丘的洞穴裡，一個溫暖的夜晚，狼爸爸睡了一整天，醒來時已經是傍晚七點了，他撐開自己的爪子伸了個懶腰，驅走殘存的睡意。狼媽媽還躺在那裡看著四隻幼狼，他們在一旁又跑又跳，興奮地翻著筋斗。

月光潛入洞穴，就在狼爸爸打算出去捕獵的時候，洞穴裡來了一個不速之客——豺狼塔巴奇。塔巴奇有個「饞鬼」的外號，他專撿夥伴們吃剩而丟棄的東西，又好搬弄是非，挑撥離間，因此叢林裡的居民都瞧不起他，但是大家也害怕他，因為他患有「瘋狂病」，一旦發起瘋來會不顧一切的橫衝直撞，所有的野獸都會遭到襲擊，個個聞之退避三舍。

對於塔巴奇的到來，狼爸爸並不歡迎，但又有點無可奈何，他說道：「你可以進來，不過這裡可沒有什麼東西給你吃。」

塔巴奇一溜煙地鑽進狼穴，找到一根還帶著點殘肉的鹿骨頭，他邊吃邊說：「對於像我這樣一個卑賤的傢伙來說，這真算得上是一頓美食呀！」飽餐之後，塔巴奇道出了一個消息：「希爾汗下個月要把他的獵場挪到這裡了！」老虎希爾汗居住在距他們二十哩以外的瓦茵根迦河附近。

「他沒有權利！」狼爸爸憤怒地說：「依據叢林法則，他無權擅改領地，不然會驚動方圓十哩之內的獵物！再說，這些天我也得獵捕兩隻獵物，讓孩子填飽肚子！」

「他媽媽叫他『瘸老虎』不是沒有道理，」狼媽媽說：「就是因為天生跛腳，所以他只獵殺家畜。灣甘達的村民對他已忍無可忍，現在他又來這裡鬧，到時候村民們會全力圍剿他，那麼向來和平自由的西奧尼叢林就保持不了寧靜，我們也免不了要遭殃了。哼，我們真得感謝希爾汗呢！」

塔巴奇顯然看出了狼爸爸和狼媽媽的不快，他有點幸災樂禍地說：「要不要我向他轉達你們的謝意呢？」

　　狼爸爸厲聲喝斥道：「滾出去！去跟你的主子一道捕獵去吧！你已經撒野一個晚上了！」

　　塔巴奇臨走時，又補上了一句：「你們聽見了嗎？希爾汗就在下面灌木叢裡，別說我沒通知你們哦！」

　　狼爸爸側耳傾聽，果然聽到老虎的怒吼，聽起來是老虎獵無所獲的憤怒之聲。沒多久，怒吼聲變成了嗚咽哀號聲，從四方傳來，令人不寒而慄。今晚，他竟然在捕殺人類！

　　叢林法則規定，禁止任何野獸吃人，除非是在教導自己的孩子如何獵殺，但即便是這樣，也必須離開到獸群或部落的獵場之外。因為一旦獵殺人類，就會招來騎著象、背著槍的白人，以及數百名高舉火把、敲著鑼的棕色皮膚的人來尋仇，這樣整座叢林裡的野獸都會遭殃。而且據說，吃人的那隻野獸的毛髮和牙齒都會掉光。

　　突然，希爾汗發出了一聲哀號。

　　「那笨蛋肯定是跳不過營火，把自己的腳給燒傷了。」狼爸爸走出洞穴觀望一陣後，嘀咕著：「塔巴奇也和他在一起呢！」

　　「有動靜！」附近的灌木叢沙沙作響，狼爸爸蹲低了腰臀，做出向前騰躍的姿勢，卻在躍起的半途突然停住，在原處著地。「是人！」狼爸爸看見了一個棕色皮膚、全身赤裸的嬰孩，正抓著一根樹枝，對著他咯咯笑。

　　狼爸爸輕輕地叼起孩子，把他叼到自己四隻幼狼中間，動作非常輕柔，一點兒都沒有傷害到孩子嬌嫩的皮膚。孩子沒有表現出一丁點的害怕，他和幼狼們緊緊地擠在一起。狼爸爸和狼媽媽一下子就喜歡上了這個可愛的小嬰兒，並給他取了一個好聽的名字——毛克利。

　　突然，老虎希爾汗的大頭堵在狼穴洞口，他要前來索討這個小嬰兒——這可是他的獵物呢！老虎的怒吼聲充斥整個山洞，但狼媽媽一點都不害怕，她勇敢地跳到希爾汗面前，說：「我們狼群是自由之民，只接受狼族首領的指令，為什麼要聽命於你？這小嬰兒是我們的了！要怎麼處置是我們的權利！他要和我們一起生活、捕獵，總有一天他會把你解決掉的！」

　　狼爸爸瞠目結舌地看著狼媽媽。希爾汗不甘心地退出洞口時喊道：「好，我倒要看狼群怎麼裁決這件事，這小嬰兒終究會成為我嘴裡的食物，你們等著瞧！」

　　狼爸爸看到了狼媽媽收養這個人類嬰孩的決心，但他也知道，要收養這個小嬰兒，必須經過狼群會議的批准。

　　叢林法則明文規定：任何一匹狼結婚以後，就可以離開所屬的狼群，自立門戶，但是當他生下的幼狼們長到會站立時，就必須把他們帶到狼群會議上，讓其他的狼認識。

　　狼群會議一般是在每個月的月圓之夜舉行。經過確認批准，幼狼們就可以自由活動，在他們成功獵殺第一隻公鹿之前，狼群中任何的成狼都不能捕殺這些幼狼，否則將被處死以示懲戒。

　　狼爸爸和狼媽媽在毛克利和他們的幼狼能跑的時候，帶著他們來到了「大會岩」，那是一個被各種岩石覆蓋的小山頭，能同時容納一百多隻狼。這個狼群的首領是獨身的大灰狼阿凱拉，他智勇雙全，已任滿一年，由於曾被人類獵殺又逃過一劫，很懂得人類的那一套。

　　領袖阿凱拉喊道：「各位仔細聽好了，叢林法則眾所皆知，大家都要遵守！」

　　一隻老狼輕手輕腳地走到一隻幼狼面前，仔細地打量一番，然後又回到自己的座位上去。毛克利就坐在那裡，玩弄

著幾顆閃閃發光的卵石。

突然，岩石後面傳來一聲咆哮：「那個小嬰兒是我的！把他交給我！你們這群自由之民要這個小嬰兒做什麼？」

這番話引起眾狼議論紛紛，狼群中發出了一陣低低的附和聲：「我們要這個小嬰兒做什麼？」

按照叢林法則的規定：如果狼群對於接納幼狼發生了爭議，至少要有父母以外的兩名狼成員站出來為幼狼說話。族群裡若有兩票表示贊同，幼狼就能被認同。

「誰贊成接受這個人類嬰孩？」阿凱拉問道，但四周卻鴉雀無聲。

這時，唯一被允許參加狼群大會的他族動物、專門給幼狼們教授叢林法則的棕熊巴魯站起身，說：「我同意！小嬰兒對狼群不會造成什麼傷害，就留下他吧！我會親自教導他的！」

「我們還需要一位支持者。」阿凱拉說：「還有誰贊成巴魯的意見？」

這時，一個黑影跳進了狼群圍坐的圈子中，是黑豹巴西拉。大家都認識巴西拉，誰都不敢招惹他，因為他冷靜、矯健又勇猛。但是，他的聲音卻像從樹上滴下來的野蜂蜜一樣甜潤。

「敬愛的阿凱拉和自由狼族的諸位，」他柔聲說：「我沒有權利，但叢林法則中規定：如果對一隻幼狼有所疑慮，但這份疑慮還不至於到應該將他處死，就可以出價買下這隻幼狼的性命，對吧？殺害一個赤裸裸的嬰孩並不光彩，再說他長大後或許還能為你們狩獵。因此我決定用一頭剛殺死的肥公牛，換取這個小嬰兒的性命，行嗎？」

狼群聽到有一頭肥公牛，總是飢腸轆轆的他們立刻同意接受這個小嬰兒成為狼群的一員。然後，狼群們就全跑下山

去找那頭被殺死的肥公牛，只剩下首領阿凱拉、巴魯、巴西拉和毛克利一家。希爾汗還在黑暗中咆哮，他非常氣憤狼群沒有把毛克利交到他手上。

阿凱拉等人很高興毛克利可以留下來，他們知道這是一個聰明的孩子，會成為一名得力的幫手，因為每個狼群首領總會有那一天：當他體力衰退，身體愈來愈孱弱，最後就會被狼群終結性命，再換一個新的首領上任。

毛克利就這樣在巴西拉以一頭公牛的代價，加上巴魯的美言之下，展開了他在西奧尼山丘的生活。

往後的十幾年，他和四隻幼狼們一起成長生活。只是，當幼狼長為成狼的時候，他仍是一個小孩。狼爸爸把一身的捕獵本領都傳授給他，教他熟悉叢林裡的每一件事情、每一個聲音。巴西拉也教導他如何躲避人們挖掘的陷阱，還在深夜裡帶著他去捕殺獵物。同時，巴西拉也不只一次警告他，希爾汗是個危險分子，總想著有一天要殺了毛克利。但是毛克利顯然並沒有把他的話放在心上。

不學習的時候，毛克利除了吃就是睡，髒了或熱了就跳到水池裡去游泳，嘴饞了就爬到樹上去找蜂蜜。他也和其他狼一起玩耍，當毛克利盯著他們看的時候，沒有一頭狼敢正視他的眼睛，毛克利覺得很好玩，經常盯著他們看。當然，更多的時候是他幫狼拔出扎在他們身上、讓他們難受的刺。

就這樣，毛克利長成了一個健壯的男孩。

隨著時間的流逝，阿凱拉愈來愈老，身體愈來愈弱。於是，希爾汗經常在叢林裡出沒，和一些年輕的狼交朋友，並挑唆他們：「為什麼一群這麼年輕出色的獵手，卻心甘情願地讓一隻奄奄一息的老狼和一個小孩擺布啊！」年輕氣盛的狼聽了這話，總會毛髮豎立，發出嗥叫。

在一個溫暖的日子，巴西拉又和毛克利談起了希爾汗：

「希爾汗雖然不敢在叢林裡捕殺你，可是你一定要記住，阿凱拉已經很老，他無力追捕獵物的日子已經不遠，到那時候他就當不成狼群的首領了。你第一次被帶到狼群大會上，那些端詳過你的狼，許多也已經老了；而那些年輕的狼，因為受到希爾汗的教唆，必會像希爾汗一樣排擠你。」

毛克利顯然沒有意識到這個問題，他說：「我是在叢林中長大的，我一直遵守著叢林法則，我和狼兄弟們一直友好相處，他們當中哪一隻沒有叫我拔過他爪子上的刺？他們當然是我的好兄弟！不可能傷害我！」

巴西拉將全身伸展開來，眯著眼睛說：「小兄弟，摸一摸我的下巴！」

毛克利伸出他棕色強壯的手，一摸就摸到了一個傷疤。

「叢林裡沒人知道我身上帶著這個記號，這是帶過項圈的記號。我在人類社會出生，我的媽媽就死在人類社會，她死在奧德普爾王宮的籠子裡。正因為如此，我才願意在狼群大會上出價把你買下來，那時你還是個小不點呢！在人類社會的時候我從來沒有見過叢林，他們把我關在鐵欄杆裡，用一個鐵盤子餵食我。直到有一天，我覺得我是黑豹巴西拉，而不是人的玩物，便立刻破籠潛出。而且，因為我學過、也懂得人類那一套，所以在這個叢林裡，才會比希爾汗更讓大家畏懼。你說是不是？」

「可不是嘛！」毛克利說：「大家都懼怕你，只有我不怕！」

巴西拉溫柔地看著這個小孩，告訴他：「如果有一天阿凱拉無法捕捉獵物，那些狼群會反過頭來抵制他，也會抵制你。因為他們知道你和他們不是同類，你比他們聰明，你是人，總有一天你會回到人那裡去——就像我終究要回到叢林一樣。所以，你趕緊下山到人們的小屋裡，去取一點他們的

『紅花』來，它比我、巴魯、狼群裡愛你的夥伴們還都要管用。快去把『紅花』取來吧！」

　　巴西拉所說的「紅花」就是火，只是叢林中的動物誰都叫不出它真正的名字，又對它心生恐懼，所以就給它取了很多奇怪的名字。

　　毛克利在奔向村莊的路上，聽到了狼群的咆哮聲，聽到了一隻被追趕的大雄鹿的吼叫聲，以及大雄鹿陷入絕境後的喘息聲。阿凱拉正在努力追捕一隻雄鹿，不過失手了！因為毛克利聽到他的牙齒「喀嚓」一聲，然後是一聲哀叫，顯然是被大雄鹿蹬翻倒地了。從這一連串的聲音中，毛克利更加意識到，這象徵著狼群可自由爭奪首領位置的時候到了。

　　在農戶的窗外，毛克利看見一個孩子把幾塊紅通通的木炭，放進一個柳條盆裡，隨後盆子裡就有了「紅花」。

　　「哦，原來『紅花』這麼容易獲得啊！」毛克利心裡暗暗想著，隨即就趁那孩子不備，搶走裝著「紅花」的盆子。逃到半山腰以後，毛克利往那紅紅的東西上面加了一些樹枝和乾樹皮，並吹了吹幾口氣，那「紅花」馬上就盛開了！

　　回到洞穴後，毛克利一直照看著那盆「紅花」，很快他就掌握了控制「紅花」的技巧。此時，塔巴奇來到洞穴，趾高氣揚地要求他去「大會岩」，毛克利放聲大笑，直到塔巴奇一臉狼狽地跑開。隨後，毛克利就一路大笑著走向了「大會岩」。

　　在「大會岩」上，阿凱拉沒有像往常那樣坐在首領的位置，而是在岩石旁躺著；而希爾汗卻在那些吃慣他剩飯殘羹的狼民們的簇擁下，大搖大擺地走來走去，滿意地聽著大家的阿諛奉承。在大夥兒集合完畢後，希爾汗以一副主人的姿態，開始主持大會，看來他準備要領導這個狼群了。

　　在希爾汗的慫恿下，一些年長的老狼開始吼道：「讓死

狼說話吧！」

當一個狼群的首領無力捕殺獵物，即將被新的首領取而代之的時候，就會被活生生叫做「死狼」。出現這種情況，通常他是活不久了。

阿凱拉有氣無力地抬起他已經虛弱的頭說：「我的自由之民們啊！有多少個年頭我領著你們出去捕獵，又把你們都帶了回來，在我擔任首領這十二年期間，沒有一隻狼落入陷阱，也沒有一隻狼受傷殘廢。現在我老了，你們卻中了希爾汗的奸計，要來殺死我！那好吧，按照叢林法則，你們可以一個一個上來和我決鬥，結束我的生命！」

狼群一陣漫長的靜默。眼看完全沒有一隻狼敢跳出來和阿凱拉決鬥，希爾汗又開始咆哮起來：「我們跟這個老不死的蠢貨還有什麼好說的？他註定是要死了！讓那個小孩和他一起去死吧！」

阿凱拉說：「除了血統不同，無論從哪個方面來說，他都是我們的兄弟，可是你們竟然想殺了他！好吧，反正我是要死的，如果你們放了他，讓他回到人類那兒去，那我答應你們，不和你們決鬥，直接讓出首領的位置！」

「他是人——不是狼！」狼群高聲叫道，並逐漸聚集到了希爾汗身旁。

這時，毛克利高高地舉起了火盆：「聽著！本來我是希望和你們在一起，可是今晚你們一直說我是人類。好吧！就算你們是對的好了，從此我也不再把你們看作弟兄了，你們這群野狗，我給你們帶來了『紅花』，這可是你們害怕的東西！」

毛克利把火盆往地上一扔，幾塊燒得通紅的火炭把周圍一片乾苔蘚點燃，火苗立刻竄了起來，嚇得大會岩上的野獸全數往後退。他又把手中的枯樹枝伸到火中，木頭一下就點

燃，發出劈里啪啦的聲音。他舉起著火的樹枝在空中揮舞，希爾汗跟狼群全嚇得發出嗥叫聲，往四處逃散。

毛克利大聲吶喊著：「聽著！我現在要離開這裡，回到我自己的人那裡去，因為你們容不下我了！但是，我發誓絕不會像你們背棄我一樣出賣你們，在我離開之前，我要宣布一件事情，就是阿凱拉可以自由地在這裡生活，愛住哪裡就住哪裡，你們不能動他一根汗毛，因為我不允許！現在你們都可以滾了！」

狼群在火星之中落荒而逃，最後只剩下了阿凱拉、巴西拉，和站在毛克利這邊的十幾隻狼。突然，毛克利覺得有個什麼東西刺痛了他的心，他哽咽了一下，開始抽泣起來，淚水流下他的臉頰。

「這是什麼？我不知道這是什麼？我不想離開叢林，難道我快要死了嗎？」

巴西拉告訴他：「不，你不會死，這是人們常會流下的眼淚。你已經長大了，你還是快回人群那兒去吧！」

毛克利就坐在那裡放聲痛哭，好像心都碎了。從他進入狼群後還沒有哭過呢！

「哎，」他說：「我就要到人群那裡去了。我得先向媽媽告別，畢竟是她用愛把我養大的！」

於是他回到了狼媽媽和狼爸爸的洞穴裡，趴在狼媽媽身上心痛地哭泣著，四個狼兄弟也傷心地嗥叫著。毛克利撫摸著他的狼兄弟們，問：「你們不會忘記我吧！」

他們帶著淒楚的聲音，回答：「只要我們還能辨別你的味道，就永遠都不會忘記你！回到人們那兒以後，只要你到山腳下來，我們就會來看你。我們永遠都是你的兄弟！」

狼爸爸說：「快點回來啊！我聰明的孩子，我和你媽媽都老了，我們會想念你的！」

狼媽媽也說：「快點回來啊！我的兒子，我疼你可是勝過我自己的幼狼們呢！媽媽等著你回來！」

　　毛克利抹著眼淚說：「我一定會回來的！告訴叢林中的夥伴，千萬不要忘記我！我還是要回來的，我的兄弟們！」

　　破曉時分，毛克利獨自走下山坡，進入了神祕的人類世界。

第二章　巴魯的法則

　　在毛克利離開西奧尼山丘之前還有許多許多的故事，那麼，現在就讓我們來講一些他離開叢林之前的故事。

　　在毛克利離開叢林之前，他一直跟著嚴肅認真的棕熊巴魯學習，巴魯非常喜歡這個聰明伶俐的學生，而且他明白，毛克利是個人類小孩，因此他需要學習的東西比那些幼狼們要多更多。

　　他不僅教導毛克利叢林法則，也把「樹木和水的法則」傳授給他：包括辨別樹枝優劣，和蜜蜂做良好的溝通，和受擾的蝙蝠打交道，在澗水而行時警告池裡的水蛇等等。叢林居民誰也不喜歡受打擾，入侵者一來就發動攻擊，但是自己隨時都有可能侵入其他生物領域，所以毛克利學會了「陌生狩獵的召喚」，就是不斷呼喊著：「請讓我在此狩獵！因為我餓了！」如果對方回答：「僅為食物，但不允許為娛樂狩獵！」就表示他可狩獵而食。

　　要記得這麼多，對一個小孩來說是多麼辛苦的事情啊！有一次毛克利學得煩膩了，還為此挨了巴魯一巴掌。那一巴掌把他打得皮破血流，讓巴西拉心疼不已，可是巴魯卻非常認真地說：「打是疼，罵是愛，我現在正在教他叢林密語，只要他記住這些重要的語言，就能免受叢林裡任何動物的傷害。不信你讓他來展示一下他的本領！」

　　雖然毛克利對剛才挨的那巴掌感到悶悶不樂，但是他很樂意有這樣一個機會展示自己的本領。他展示了自己說鳥語和蛇語的本領。他的本領讓巴西拉覺得很滿意！

　　得意的毛克利說：「所以我要自成一族做首領，成天帶著他們在樹上跑來跑去！」

　　毛克利的話讓巴西拉和巴魯心生警覺：「這是什麼新主

意啊？」直到這時候他們才意識到，毛克利一直在和猴民打交道！

巴西拉生氣地說：「你竟然去結交那些不守法則、巧施奸計、捏造是非的猴民，真是丟臉！」

對於巴西拉和巴魯列舉猴民的種種不是，毛克利很不以為然：「巴魯打我頭的時候，我就逃跑，只有灰猴從樹上下來問候我、同情我。他們對我很好，為什麼我不能和他們一起玩？他們像我一樣，是用後腳站著走路！」

巴魯生氣地說：「給我聽好！我教過你各式叢林法則，唯獨猴民毫無法紀，他們是被動物們鄙視的一群，他們有一個外號叫做『叢林的拾荒者』。他們沒有自己的語言，用的全是偷聽來的話，偷取別人的語言，他們沒有自己的首領，也沒有記憶。他們自吹自擂，自視甚高，但不過是群烏合之眾罷了！我們從來不和他們打交道。」

巴魯所言千真萬確，由於猴民屬於樹梢，行走在地面的動物們很少往上看，兩者形同陌路，不相往來。所以當他們發現有殘疾的動物走過時，就會丟下堅果和細樹枝。就因為他們這般無惡不作，因此被列為拒絕往來戶。而這就是他們想要與毛克利為伴的最大原因。

巴魯和巴西拉帶著毛克利趕緊離開那裡，毛克利聽了猴民這樣沒規矩的行為，明白那不是一個受歡迎的族群，因此決心不再和猴民打交道了。

但是猴民們卻有奇特的想法，他們認為毛克利是灰猴首領的最佳人選，因為他會把樹枝編織在一起用來擋風，他可以把猴民變成最聰明的族群。因此猴民們便一直跟蹤巴魯、巴西拉和毛克利，想要伺機奪人。

午睡的時候，毛克利就睡在巴西拉和巴魯中間。可是一直尾隨他們的猴民，趁他們睡著的時候，一把將毛克利拉上

了樹，隨即展開林間的飛躍，兩隻最強壯的猴子輪流把毛克利挾在他們的胳膊下，帶著他在樹上盪來盪去，忽上忽下，左右橫飛。

毛克利在這樣狂野的奔跑中，心裡盤算著，得趕緊擺脫這些野蠻的傢伙，必須讓誰帶個口信給巴西拉和巴魯。突然間，他往天空一瞧，看見老鷹在叢林上空盤旋，便趕緊用鳥語呼喊：「我是毛克利，請記下我的行蹤，告訴巴西拉和巴魯──」毛克利最後這句話變得又細又尖，因為他被盪到了半空中，但老鷹還是點了點頭，在空中飛翔，注視著毛克利的行蹤。

巴西拉和巴魯心急如焚，他們無法爬到樹的高處，奔跑的速度又遠遠趕不上猴民。在幾乎精疲力盡時，巴魯突然有了一個好主意：「我真傻！野象哈迪有句話說得對：『一物降一物』。猴民最害怕的就是石蟒卡亞。他攀爬的本領和猴民一樣出色，他常常在夜裡偷襲小猴們。一提到他的名字，猴民就會害怕得連他們邪惡的尾巴都會發顫。我們趕緊去找卡亞吧！」

他們很快就找到了石蟒卡亞，他剛剛完成蛻皮換上了一身新裝，此刻正在地上嗅來嗅去，三十呎長的身體擰成了有趣的圈結，想到即將到口的晚餐，他舔了舔舌頭。卡亞不是毒蛇，而且他非常瞧不起毒蛇，認為他們是膽小鬼。他的獨門利器在於他的「擁抱術」，他那巨大的身軀只要把誰纏繞幾圈，誰就沒命了。

巴西拉和巴魯說明了來意，請求他一起去抓捕猴民，卡亞說：「上回我狩獵時，因為尾巴沒纏緊樹枝，不慎掉下來吵醒猴民，那幫猴民就把我臭罵了一頓呢！」

巴西拉摸著鬍鬚說：「是不是叫你是『無腳蚯蚓』，可是我們都不理他們。他們甚至說你滿口牙都掉光了，連一個

小孩都對付不了！現在他們帶走了我們的小孩，而且他們只害怕你，這個小孩可是最優秀、聰明、勇敢的孩子，我們都愛他。」

不知道是對巴西拉和巴魯說的話動心，還是對猴民的不敬生氣，卡亞同意和他們一起去追捕猴民，解救毛克利。

這時，只見一隻老鷹漸漸飛低下來，他在叢林中搜尋大熊的影子好一陣了，「我遇到毛克利，他要我來找你們，據我觀察，猴民正帶他往河那邊的『冷酷穴』去！可能會待上一陣子，我已交待蝙蝠輪番守候。祝好運了！」

他們都知道那兒是猴民的聚集地，可是叢林居民很少到那裡去，因為他們所謂的「冷酷穴」，其實就是一座湮沒在叢林裡的古老荒城，狩獵族群很少會靠近人類曾經到過的地方。但像猴民那樣缺乏自尊心的族群，卻很願意在那裡將就住著。巴西拉、巴魯和石蟒卡亞一起朝冷酷穴的方向全速前進。

在冷酷穴裡，猴民根本沒想到毛克利的朋友們會來，他們把毛克利帶進廢城後，高興得簡直忘形了。毛克利從來沒有見過印度的城市，這個已經破敗不堪的廢城，在他看來，依然顯得輝煌壯觀。

久遠以前，一位國王將這座王城建在小丘上，那條通向坍塌城門的石砌大道，至今依稀可辨；庭院和噴泉裡的大理石水池龜裂而出現斑點，卻仍能想見當年的氣派。從宮殿眺望城市，一排排無頂的房屋就像空蕩蕩的黑色蜂窩。在四條大道相會的廣場上，座落著已不成形的石像，佇立街角的公共水井只剩下一個空洞。

猴民們把這裡稱之為「城」，終日只知在國王議政大廳裡圍坐成圈，互抓蝨子，裝得一副人模人樣；他們成群結隊地打架喊叫，然後又一哄而散，在御花園的平臺跑上跑下地

追逐；在大水槽裡喝水，把水弄得渾濁不堪，然後為了喝水而打上一架。等在這裡玩膩了，他們又會回到叢林裡去，希望叢林居民能注意到他們。

受到良好的叢林法則教育的毛克利，不喜歡也不理解這種生活，他非常希望可以趁他們不備時逃走。可是他又累又餓，只能對猴民說：「我想吃東西了，我不熟悉這附近的環境，你們看是要給我吃的，還是允許我在這裡捕獵啊！」

二、三十隻猴民倏地跳開，連忙為他找野果去。可是在尋找的過程中，他們又開始偷吃和打架，等送到毛克利手上的時候，果子只剩下一點點了。更過分的是，猴民還押著他硬是要他表示感謝，同時警告他不要身在福中不知福。毛克利咬緊牙關什麼也不說。他被一群大呼小叫的猴民拖到了一個平臺，那下面是一個紅砂岩修建的蓄水池，蓄了半池子的雨水。猴民們輪番上來對毛克利說，他們是多麼的聰明、多麼的強壯、多麼的偉大，他想離開他們是多麼的愚蠢。這讓毛克利忍不住笑了起來。

這時，毛克利的朋友們正趴在城牆外破敗的水溝裡，注視著這一切動靜。他們很清楚大量猴民聚集在一起有多麼危險，所以他們不能輕易冒險。

巴西拉悄悄地衝上斜坡，伸出前掌，對圍著毛克利的猴民左右開弓，受驚的猴民發出惱怒地嘶吼，當他們發現入侵者是單槍匹馬的時候，紛紛高聲吼道：「只有他一個。殺死他！殺死他！」

亂成一團的猴子將巴西拉團團圍住，對他連抓帶咬、連撕帶扯展開攻擊。同時間另一群猴子，把毛克利拖上了高聳的宮牆，將他從頂端的洞推了下去。

如果是一個在人類社會長大的孩子，肯定會因為這一推而摔得皮開肉綻，因為那可是從足足五公尺高的地方摔下去

啊！但是毛克利接受過巴魯老師的嚴格訓練，因此當他雙腳落地的時候，穩穩地站住了。雖然那下面有大量群聚在此的眼鏡蛇，但是他能用蛇語和他們溝通，所以沒有受到任何的傷害。

他靜靜地蹲在那裡，聽著外面激烈的戰鬥聲。他知道巴西拉不可能獨自前來，所以他對外大聲吶喊：「巴西拉，到蓄水池去！往蓄水池翻滾，連滾帶衝，鑽到水裡去！」

巴西拉聽到毛克利的吶喊，知道他是安全的，頓時勇氣倍增。於是他奮不顧身闖出了一條路，往蓄水池逼近。

就在此時，最靠近叢林的那堵牆外傳來了巴魯的戰鬥口號，這隻笨重的老熊終於趕來了。他剛爬上平臺，猴民一擁而上，他的頭被淹沒在一波波蜂擁而來的猴群中，把他困在中間，成為只能看見熊頭的猴子漩渦，但他張開兩隻前掌盡可能多抓住幾隻猴子，然後猛力摔去，或將兩頭相撞，一一解決了成堆的猴群。

這時候傳來「砰！」的一聲，緊接著又是「嘩啦！」一聲，毛克利知道巴西拉已經衝入蓄水池，猴子不會跟著進去的。巴西拉躺在水中，腦袋剛剛好露出水面，猴子們則站在紅色的臺階上乾瞪眼，氣得拚命蹦跳，準備著一旦巴西拉離開水中，就從四面八方撲到他的身上去。

趁這個時候，巴西拉抬起下巴，向石蟒卡亞發出呼叫，他相信這關鍵時刻，卡亞肯定做好加入戰鬥的一切準備了。儘管巴魯在平臺上被不斷湧來的猴子壓得喘不過氣，但是他聽到巴西拉的呼救聲還是忍不住笑了起來。

卡亞此時還在爬西牆，他扭動身體的時候把身下的一塊石頭撞翻了，他不想失去所處的位置優勢，所以一次又一次的把身體盤起來又打開，以確保長長的身體每一個部分都能派上用場。

　　蝙蝠飛來飛去把惡戰的消息傳到叢林的每個角落，叢林裡的動物們都被驚醒。驚天動地的喊殺聲淹沒了整座叢林！

　　這時卡亞已經調整到最佳的戰鬥狀態。他像一支長矛或一個撞城槌那樣向猴民襲擊，猴群馬上被震懾住了。多少世代以來，猴民們只要一聽長輩講起石蟒卡亞的故事，就會嚇得不敢輕舉妄動。因為卡亞是猴民的天敵，他永遠能無聲無息地抓住猴民，誰也沒能從他的「擁抱術」裡活著出來。他的傳說讓猴民連正眼都不敢瞧他一眼，全都撒腿就逃，再也沒有人能顧及毛克利。

　　整座城池從剛才的喧鬧瞬間陷入一片沉寂，卡亞、巴西拉和巴魯想辦法要解救毛克利。可是毛克利被推下高牆聳立的宮殿裡，就像掉入極深的陷阱一樣，很難從裡面爬上來。

　　卡亞仔細觀察地形後發現，石窗上有一條裂縫。他用盡力氣猛撞了六下，那石窗便轟然倒下，激起了一陣灰塵和瓦礫。毛克利從塵土飛揚的裂口跑了出來，飛撲在巴西拉和巴魯之間，兩隻手分別抱住巴西拉和巴魯的大脖子。

　　「你受傷了嗎？」巴魯抱著他輕聲問。

　　「我又痛又餓，他們可把我害慘了！」

　　「我們也一樣！」巴西拉舔著嘴脣看向周圍的死猴子。

　　「唉！算了，那沒什麼，只要你安全回到我們身邊就好了，我的孩子！」巴魯說。

　　巴西拉提醒道：「這個事情我們以後再說，我們首先要感謝卡亞，是他救了你的命！」這時毛克利才注意到，在他的頭頂上方出現了一個大蟒蛇的頭。

　　「原來這就是人類小孩啊！」卡亞說；「他的皮真是柔軟光滑啊！可是他和那些猴民倒是有點像，呵呵，以後可千萬要小心，不要讓我把你錯當成一隻猴子給吃了。」

　　「今晚我的命是你救回來的，以後我所捕獲的一切獵物

都是你的，如果有一天你落入陷阱，我也一定會拚盡全力去救你的。」毛克利說出自己的感激，言行舉止都十分合宜，讓大家都非常高興。

　　回程的路上，巴西拉按叢林法則賞了毛克利幾下「愛的掌擊」，作為對他小小的懲戒，七歲的毛克利坦然地承認錯誤。當日毛克利疲累不堪，很快就睡著了。巴西拉把他一路馱在背上送回了狼穴，放在狼媽媽的身邊。

第三章　恐懼的起源與蔓延

　　毛克利跟著他的老師巴魯學習著各種叢林法則，每當他對這種學習感到厭倦的時候，巴魯就會告誡他：叢林法則就像爬山虎植物一樣，纏繞著每個叢林居民，誰也逃脫不了。可是毛克利對這樣的警告絲毫不以為意，因為對於一個成天只關心有沒有吃飽、睡飽的孩子來說，並不會考慮到這些遙不可及的事情。直到有一年，叢林居民們全都面臨了巨大的危機，這時，不僅是毛克利，每一隻動物都開始正視起叢林法則的重大意義。

　　事情要從那個滴雨未下的冬季開始說起。最先感受到情況不妙的是豪豬，他永遠只吃那些優質、熟透的食物，所以是他最先發覺那些美味的野山芋快絕跡了。而當他把這個消息告訴毛克利的時候，這個天真的孩子並沒有意識到危機將至，只覺得那又有什麼呢？

　　直到隔年春天，巴魯最喜愛的毛花樹沒有開花，河谷兩岸的綠色植物亦開始枯萎；池塘裡的水漸漸消失，塘底出現乾裂的紋路；爬山虎植物成片從攀緣的樹上掉落；連岩石上的苔蘚也都枯死了，只剩下被烈日晒得滾燙的岩石。

　　飛鳥和猴民早已逃到北方，因為他們能預知即將要發生的災難；野豬和野鹿闖進村子，想要尋找食物，可是往往還沒找到食物，就先餓死在虛弱得無法獵捕他們的村民面前。只有老鷹活得愈來愈好，因為每天都有吃不完的死屍。

　　毛克利開始體會到饑餓的滋味，他開始吃起岩石蜂房裡刮出來的陳年蜂蜜——乾枯色黑，那在以前根本入不了他的眼，但現在沒有辦法，為了解決餓肚子的問題，只能吃了。

　　不過，最令人焦慮又憂心的是缺水，因為叢林居民雖然不常喝水，但只要一喝起來，一定是要喝個痛快。

瓦茵根迦河原本寬闊的河面如今變得愈來愈狹窄，最後變成了一條涓涓細流。活了一百多年的野象哈迪看見了「和平岩」——一長條藍藍的石梁，乾涸地暴露在河的正中央。他知道看見和平岩就表示要執行「水約」了，這是他父親在五十年前做過的事情，如今將由他擔負起這個重責大任。

按照叢林法則，「水約」一旦宣布，此期間內在飲水區捕殺獵物者，皆會被處死。因為在大旱期間，飲水第一，食物第二。在水源有限的時候，當叢林居民全都來這裡解決生存問題，捕獵活動就必須全面停止。

在風調雨順的季節裡，瓦茵根迦河周圍往往潛藏危機，來飲水的小動物們常會遭到蟄伏在那裡的大野獸襲擊，一不小心就會成為他們的美味大餐。但現在，所有的叢林居民都又餓、又累、又渴，大家全擠到了近乎乾涸的河邊，喝那汙濁的水來維持自己的生命。野豬和野鹿失去最美味的食物；野水牛再也不能在水中洗澡解暑；蛇離開自己的窩，來到這裡渴望抓隻青蛙；魚只能在泥濘裡苟延殘喘。整個世界都失去原來的生氣，只剩下空氣裡瀰漫的一股熱浪。

毛克利因為沒有皮毛，所以看起來比一般的野獸更加瘦弱、可憐，他身上的肋骨清晰可見，頭髮被晒成了亞麻色。因為長期爬行，所以手肘和膝蓋上都長了厚厚的老繭，但是在纏結的頭髮下卻有著一雙冷靜的眼睛，因為他的老師巴西拉教導過他：愈是在艱險的情況下愈要保持鎮定。

巴西拉說：「現在情況雖然險惡，但是這一切終將會過去，千萬不要以為雨季把我們給遺忘了。來，我們去和平岩上聽聽消息吧！」

他們沿著叢林下層朝和平岩走去，一路上看見動物們爭先恐後趕去喝水，乾燥的叢林中到處瀰漫著飛揚的塵土。

他們終於來到了河的上游，看見「水約」監督者——野

象哈迪和他的兒子們守候在和平岩周圍尚有少量水流的河灣處。他們雖然也被乾旱折磨得乾癟瘦削，仍然盡責地在水灣旁巡視。中游處散布著野鹿，再往下游是野豬和野牛，對岸則是專為肉食動物——老虎、狼、黑豹和熊劃出的界限。看來「水約」在這裡被執行得非常好。

　　巴西拉忍不住輕輕說了句：「要不是那條法規，我就可以在這裡好好地進行一場捕獵！」

　　野鹿的耳朵可靈了，他馬上驚恐大叫：「水約！記住水約！」

　　野象哈迪立刻高聲提醒：「那邊安靜！安靜！請記住水約！不要在這裡談論捕獵的事情！」

　　巴西拉停止了他的想像，開始傾聽動物們透露的消息，遺憾的是一個好消息都沒有，大家都在說自己如何長途跋涉才來到這裡喝上一口渾濁的水，在路上又是經歷了怎麼樣的危險和坎坷。

　　水位還在一天天的下降！

　　巴魯擔心毛克利沒有辦法支持到旱季過去，因為他看起來非常瘦骨嶙峋。毛克利並不這麼想，但他明白老巴魯會有這樣的想法，完全是因為他沒有皮毛遮掩。事實上，他還是非常健壯的。

　　希爾汗也一瘸一拐地走下水來，他很快就發現了毛克利的存在，而且他發現毛克利正用最傲慢的眼光盯著他瞧。希爾汗被看得挺不自在地說：「不人不獸的東西，你休想來喝一口水！」他倨傲地把嘴巴浸到了水裡開始喝水，黑色油亮的條紋在水底飄動著。不一會兒，他冷冷地說了一句：「我一個小時前殺死了一個人！」獸群裡立刻引起一陣騷動，剛開始是耳語，後來聲音逐漸變大：「人！人！他殺人了！」但是野象哈迪沒有任何反應。

希爾汗更加得意了，「我獵殺人類是為了叢林法則，不是為了食物。現在我來喝水，順便把自己洗乾淨！」

哈迪終於忍不住了，問道：「你獵殺人類是為了叢林法則？」

希爾汗回答：「是的，殺人是我的專權！」

哈迪生氣了，「那就走吧！這條河是用來喝水的，不可以玷汙。在這樣的季節裡，人和叢林居民都處在生死邊緣，可是一隻瘸腿的老虎卻還在吹噓他的權利，不顧叢林自由之民的死活，明顯違反了叢林法則。你別把這裡的水玷汙，還是先回自己的窩去吧！」

毛克利很好奇，在巴西拉的鼓勵下，他鼓起勇氣向哈迪問道：「希爾汗說殺人是他的權利是怎麼一回事啊？」

哈迪說：「好吧，今天我就在這裡跟你們講一個古老的傳說！」

動物們立刻安靜下來，開始聆聽哈迪講述一個和人有關的傳說。

「在叢林剛剛誕生的時候——我們誰也不知道那是多麼古老的一個時代，動物居民們全部生活在一起，誰也不害怕誰。那時候沒有乾旱，樹上長滿葉子、花兒和果實，足夠所有的動物們享用。那時候的叢林之王是『始祖象薩阿』，他使用他的神力創造了叢林中的一切——樹木、河流、池塘等等。」

「但是不久之後，叢林居民開始為食物爭吵。他們整日遊手好閒，希望自己躺在那裡就有充足的食物。可是始祖象忙著創造工作，無法兼顧群獸的糾紛。為了把叢林管理得更好，他委任了始祖虎作為法官，解決居民的爭端。那時候的始祖虎和其他叢林居民一樣，也吃果子和草，身上也沒有條紋，叢林居民也不懼怕他。」

「可是有一天，兩隻雄鹿之間發生了爭吵，他們倆一起對調停的始祖虎講話的時候，雙方互不退讓，一隻雄鹿用角頂了一下始祖虎，始祖虎非常生氣，他一時間忘了自己的身分，猛然撲向那隻雄鹿，咬斷了他的脖子。始祖虎顯然被自己闖下的大禍嚇傻了，一路跑到了北方大澤就沒回來了。叢林居民們因為沒有了法官，時常起內訌。薩阿聽見吵鬧聲又回來了，他知道誰是凶手後，詢問誰願意接任叢林的法官，這時候樹上的灰猴跳出來說他願意當叢林的法官，薩阿笑著說：『那就這樣吧！』」

「灰猴表面上一副聰明相，實際卻是愚不可及的，他讓叢林居民蒙受了巨大的恥辱。後來薩阿再次把大家召集在一起，說：『你們的第一個法官把死亡帶進了叢林，第二個法官把恥辱帶進了叢林。現在我們需要擬定一套叢林法則，一套你們不可以隨意冒犯的叢林法則。現在你們將要知道『恐懼』了，一旦你們發現了他，你們就必須承認他是你們的主人，大家必須服從於他。』」

「叢林居民們開始上上下下地尋找『恐懼』，終於在叢林的一個山洞裡找到了。他沒有毛，用後腿走路。他一看見我們就尖叫，那聲音讓動物們不寒而慄。在令人恐懼的叫聲中，叢林居民們沒有像往常一樣全部聚集在一起，而是各自和同類族群聚在一起發抖。那個恐懼的名字就是『人』。」

「這個消息最後傳到了躲在北方大澤的始祖虎的耳裡，他氣憤填膺地說：『我要去找那個東西，咬斷他的脖子。』在他疾奔回來的路上，沿途的藤蔓和樹木在他的身上留下了一道道的條紋，始祖虎希望能靠游泳和在泥地裡打滾，洗掉身上的條紋，可是發現怎麼也洗不掉。他問薩阿：『我究竟做了什麼，竟然碰上這樣的事情？』薩阿說：『你殺死了雄鹿，把死亡帶入叢林，而伴隨著死亡，就帶來了恐懼。因為

這樣，叢林裡的居民開始互相懼怕，就像你懼怕沒有毛的傢伙一樣。』始祖虎不相信，『他們不會懼怕我，因為他們很早以前就認識我了。』但薩阿只是平淡地說了句：『去看看吧！』」

「始祖虎跑進了叢林大聲呼叫，卻發現叢林居民因為害怕，全遠遠地躲著。始祖虎的自尊心垮了，他只希望薩阿能讓他的孩子知道，他曾經是沒有恥辱、沒有恐懼的。薩阿對他說：『這個我能辦到。今後你每年都會有一個晚上，可以恢復那頭雄鹿被殺死之前的情況。在那個晚上，你如果碰見了人，你不必懼怕他，他卻要懼怕你，就像你仍是叢林的法官時一樣。在那個夜晚，你不要嚇唬人，要饒恕他！這樣，你就會再度受到動物們的愛戴。』」

「可是，當始祖虎看見身上條紋的時候，卻火冒三丈，在他專權的那個夜裡，竟對人進攻，咬斷了人的脊背。他認為叢林裡只有那一個東西是恐懼，他已經把恐懼殺死了。薩阿從北方的森林裡回來，無奈地對他說：『你多麼魯莽、多麼愚昧啊！你已經鬆開了死亡的腳，他將一直跟著你。你教會了人類如何捕殺！』隔天早上，出現了另一個人，他看見那個被殺死的人和始祖虎，於是拿起了一根尖棍子。從此，人類開始發明了套索、陷阱、機關、飛棍、來福槍等等，而叢林裡亦充斥著對人類的恐懼。然而，誠如薩阿所承諾的，每年的某個夜晚，人會害怕起老虎，而老虎也不會對他們手下留情。至於其他日子，人會追殺老虎，『恐懼』則日日夜夜行走於叢林之中。」

「只有一晚人類會害怕老虎嗎？」毛克利問道。

「是的，只有一晚。」哈迪回答。

「可是，叢林的所有居民都知道，希爾汗趁夜晚三番兩次殺害人類啊！」

「即使如此，他還是從背後而來，並在襲擊時將頭轉向一邊，他仍帶著原始的恐懼，因此只要人類一看著他，就會馬上逃跑。可是當那個夜晚來臨，他就會大搖大擺跑下山，在村莊的街道房舍開始獵殺。」

「噢！」毛克利一面自言自語，一面在水裡打滾：「現在我終於知道為什麼希爾汗無法一直看著我的眼睛了。可是我是叢林居民，又不是人類。」

「人類知道這個故事嗎？」巴西拉問。

「除了老虎和象群外，無人知道，現在我說完這故事，你們都知道了！」

故事說完後，哈迪將鼻子伸入水中，不想再說話了。

「可是……可是，」毛克利轉向巴魯：「為什麼老虎不再吃草、葉子、樹呢？他只不過咬了雄鹿的脖子，又沒有吃了他。是什麼促使他對肉產生興趣？」

「全是因為樹和蔓草在他的身上做下了記號，小傢伙！所以他就再也不吃樹上的果實，並將仇恨都報復在草食者身上。」巴魯答道。

「這麼說來，你早就聽過這個故事囉？為什麼我從沒聽說過？」

「因為叢林裡充滿了這類故事。但只要我開了頭，就很難一下子說完。」

没有比無知更大的罪。記住這一點。
There is no sin so great as ignorance. Remember this.

魯德亞德·吉卜林
Rudyard Kipling

第四章　老虎！巫師！

　　毛克利在「大會岩」和狼群爭吵結束後，孤身離開了狼穴，下山之後就朝著人們居住的村莊奔去。他沒有在這裡停留太久，因為距離叢林太近了，於是他沿著河流邊崎嶇的道路，再往下游走。他走了將近二十哩後，來到了一處從未來過的山谷。這裡是一個廣袤的草原，被峽谷所隔絕，一頭有一個小小的村莊，另一頭卻是密林與一片綿延的牧原，草原上到處都是在吃草的黃牛和水牛。

　　這時候毛克利看見了幾個牧童，還沒等毛克利向他們打招呼，他們就大喊一聲驚慌失措地逃走了。那些在每個印度村莊都可以看見的黃毛野狗，也開始狂吠起來。

　　毛克利繼續往前走，他已經感受到極度的饑餓了。但是當他來到村口的時候，他看見大門都被緊緊地關上了。

　　「看來人也害怕叢林居民。」他這樣想著，然後就在村口坐了下來。

　　等到有一個人出來的時候，他用手指指自己的嘴巴，表示自己要吃東西，可是那人盯著他看了看，撒腿就往村子裡唯一的街道深處跑去，嘴裡大喊著：「祭司！祭司！」

　　很快祭司就來了。他是一個高大的胖子，身上穿著白衣服，額頭上還塗著紅色和黃色的圖案。他的身後跟著一百多名的村民，全都好奇地打量著他，還用手指指點點。毛克利不明白他們為什麼這麼沒有禮貌地對他，祭司仔細打量了毛克利很久之後，說：「這有什麼可怕的呢？你們看他身上那些被狼咬過的傷疤，他肯定就是一個從叢林裡跑出來的狼孩子！」

　　毛克利不知道為什麼人們會把他身上小小的印記，看作是狼咬傷的疤痕，在他看來那根本就不叫咬，因為他知道真

正的「咬」是什麼滋味，當然，在他和幼狼們一起玩耍的時候，幼狼們往往用嘴夾住毛克利，所以在毛克利的身上、胳膊上、腿上到處留下了親密的印記。但是這對毛克利來說一點都無所謂。

這時，人群中發出了一陣陣感嘆聲，有幾個婦人不約而同地說：「多麼漂亮的孩子啊！眼睛像紅色的火焰一樣！他不會就是美絲瓦那個被老虎叼走的孩子吧？」

一個手腕和腳踝上皆戴著沉甸甸的銅鐲子的女人，仔細地盯著毛克利看了很久後說：「真的很像啊！長相和我的孩子簡直是一模一樣，就是瘦了點！」

祭司是個聰明人，他知道美絲瓦是村裡大戶人家的女主人，便趕緊說：「叢林取之，叢林還之。把孩子帶回你家去吧！」

毛克利彷彿又經歷了一次狼群大會的考察，最終他被美絲瓦帶回了家。進入屋內，有紅漆床、有陶製的糧食箱子、還有銅鍋和印度神像。美絲瓦給他吃了麵包和牛奶，然後把手放在他的頭上仔細端詳，輕輕叫著一個名字：「納圖！納圖！」她心中暗忖著：也許這真的是她的親生兒子，老虎把他叼到了叢林裡面，現在叢林又把他還回來了！

毛克利從來沒有聽過這個名字，而且美絲瓦還用手碰了碰他的腳，那雙腳硬得像牛角一樣。美絲瓦說：「這雙腳從沒穿過鞋。但是你長得實在是太像我的納圖了，你就當我的兒子吧！」毛克利所經歷的這一切都讓他感到不自在，因為他從來沒有在一間屋子裡生活過。

但是毛克利很快意識到，要在人們之中生活就必須學習他們的語言，所以只要美絲瓦說一個字，毛克利會馬上跟著學，而且往往能學得一模一樣。憑著他學習各種野獸語言的經驗，不到天黑，他便學會小屋裡很多東西的名字了。

　　晚上的時候，毛克利選擇到小屋的外面睡覺。因為他實在不喜歡睡在那個看上去像豹子陷阱一樣的小屋裡，所以當他們把門一關，他就從窗戶跳了出去。他舒服地躺在一片乾淨的長草中，剛閉上眼睛就感覺到有一個柔軟的灰鼻子在觸碰他的下巴，他知道那是狼兄弟的大哥，「灰狼」來看望他了。他給毛克利帶來了好多消息，比如：希爾汗去遠方捕獵了，但他發誓一定要回來找毛克利報仇！

　　從那個夜晚開始，大概有三個月的時間，毛克利都沒有離開過那個村子。他忙著學習人的各種生活習慣，比如說他需要：學習穿衣服、學習使用錢、學習耕地等。村裡的孩子們經常取笑他，這讓他非常生氣，但是叢林法則卻教會他要忍耐。最令他不能理解的是：同樣是村裡的人，卻被分出了很多等級。

　　有一次，他幫忙一個陶工把一頭跌進泥坑裡的驢子拉上來，卻讓人們大為震驚。因為在他們看來，陶工是一個低賤的人，誰都不可以幫助他。祭司決定給毛克利派一點工作，讓他去放牛。對於這個工作毛克利很開心，因為他成了一個有用的人。

　　晚上，他去參加在一棵大無花果樹下的集會，村民們在那裡談論一些事情，包括很多叢林的故事。毛克利聽著他們的叢林故事，覺得很多都是他們瞎編出來的。可是，他的真話卻惹得大家生氣、不悅。

　　從那天開始，毛克利就當上了一名牧牛童，他帶領著一群小牧童閒散而快樂地執行著放牛的任務。在這期間，灰狼常常帶來一些消息，比如：希爾汗回來了，正在找機會向毛克利報仇等。

　　沉寂了整整一個月，有一天，希爾汗在吃飽喝足後，帶著塔巴奇來找毛克利復仇了！他以為這一個月的沉寂，已經

使毛克利喪失了警惕性，其實還沒等他們走到毛克利附近，灰狼已經把這個消息報告給了毛克利。

「希爾汗打算今晚在村口等你，就等你，不等別人。他在天剛亮的時候殺了一隻豬，喝水喝飽了，現在正在瓦茵根迦河附近的那條大溝裡躺著！」灰狼對希爾汗的行蹤一直瞭若指掌。

毛克利把一根手指放在嘴唇上沉思著：「瓦茵根迦河的大河谷就在離這裡不到半英里的開闊平原上，我可以帶著牛群穿過叢林，繞到河谷源頭，然後橫掃而下——把希爾汗踏平。可是為了防止他從河谷尾端溜走，我需要幫手！」

灰狼笑了，「沒問題，我帶來了一位得力助手！」灰狼小跑過去，鑽進一個小洞，然後從那裡冒出了一顆毛克利非常熟悉的灰色腦袋，是毛克利日夜思念的阿凱拉。

兩隻狼奔跑了起來，在牛群中進進出出，很快，牛群被他們分成了兩群，一群是母牛和小牛，另一群是青壯年的公牛和犁牛。這是六個大漢也不可能完成的任務，可是灰狼和阿凱拉卻做得那麼乾淨俐落。

毛克利指揮道：「阿凱拉，把公牛趕到河谷源頭去！灰狼，等我們走了以後把母牛集中在一起，把他們趕進河谷尾端，趕到河岸高處希爾汗跳不上去的地方，叫他們待在那裡等我們下來！」

其實毛克利的計畫非常簡單：他只不過是要繞個大彎到河谷源頭那裡去，先把上坡團團圍住，堵在峽谷出口，然後他讓公牛群沿陡坡奔馳而下，把希爾汗夾在公牛群和母牛群中間。因為他知道，希爾汗吃飽喝足後既不能搏鬥也爬不上河岸。如同激流俯衝而下的牛群，很快就會將希爾汗踩死。

完成一切準備工作後，毛克利說：「讓他們歇口氣吧！我得告訴希爾汗誰來了，好讓他落入圈套。」他將雙手靠在

嘴巴邊合成一個喇叭，朝河谷下面大喊，回聲在山谷間不斷迴盪。過了很久，終於傳來一隻吃得飽飽、剛睡醒的老虎的吼聲。

「好！出發！」毛克利發號命令。他騎在一隻水牛的背上，指揮著他的軍隊。只見黑壓壓的牛角，噴著白沫的鼻嘴和直視前方的眼睛，像山洪爆發一樣挾帶著巨石滾滾而下。希爾汗感受到死亡的威脅，他爬起身來，笨拙地沿著河谷往下游逃竄，希望在那裡能找到一條生路。可是兩邊都是懸崖峭壁，他又因為吃得太飽，身體笨重，怎麼也跑不快。水牛們用腳踩、用角頂，過不了一會，希爾汗便陣亡了，甚至已經有老鷹準備前來啃食他的肉了。

毛克利用他總是掛在脖子上的刀，把希爾汗的皮剝了下來，準備放到狼群的「大會岩」上。對一個在人群中長大的孩子而言，要剝掉一隻三公尺長的老虎皮，是多麼困難的事情，可是毛克利比誰都了解動物的皮毛是怎麼生長的，所以雖然這是一件苦差事，但是他很順利地完成這項工作。

這時候，背著塔牌老槍的布迪歐來了，原來是孩子們跑回去，把水牛驚慌亂竄的事情報告給村裡的大人。布迪歐怒氣衝衝地趕來了，當他看到這隻死老虎的時候，立刻想到要用虎皮去換取一百盧比的賞金，他完全沒有想到是毛克利的機智才取得這場勝利。毛克利想著這張虎皮的用處，他需要把這張虎皮放到「大會岩」去，布迪歐口中的那些賞金對他來說毫無吸引力，可是他的想法遭到布迪歐的訓斥。

「我以當初巴西拉用來買我的命的公牛起誓！」毛克利說：「我一塊錢都不要，這是我和老虎之間的舊帳，而我贏了！難道我還要和一個老人在這裡解釋所有的一切嗎？阿凱拉，請幫助我！」

阿凱拉冷不防撲了上來，直接把布迪歐壓在地上，而毛

克利一副整個世界都聽命於他的神態。

布迪歐充滿恐懼和疑惑地看著這一切，他意識到這不是一個普通的孩子。「這是巫術，最厲害的魔法！或許眼前這個孩子馬上就會變成一隻老虎！」他驚恐地想著。

「我的大王！」他終於鼓起勇氣用嘶啞的聲音哀聲道：「我是個老頭子，不知道你大有來頭，我一直把你當成一個牧牛童。請放我一條生路吧！」

「去吧，祝福你平安！下次別管我的閒事就好啦！阿凱拉，讓他走吧！」

布迪歐跟蹌地往村子裡跑去，還不時回頭望毛克利，他不知道毛克利會不會反悔，或是突然變成什麼可怕的東西。跌跌撞撞地跑回村子後，他繪聲繪影地把毛克利形容成了一個巫師。

完成計畫後，毛克利並沒有忘記他放牛的職責。在迷濛的暮色中，他把牛群再度聚集起來。趕著牛群走近村莊的時候，他看見村子裡燈火通明，而且廟宇裡響著海螺的號角聲和大鐘的撞擊聲，半個村子的人都在村口等著他。毛克利非常激動，心想：「因為我殺死了希爾汗，他們在等待英雄的歸來！」

可是，當毛克利走近村莊的時候，村民的石頭卻像雨點一樣迎面而來，布迪歐甚至朝他開了槍，但是子彈完全沒傷到毛克利一根汗毛，反而傷了一頭水牛。這讓村民更加認為他是一個可怕的巫師！毛克利對此感到困惑不已，村民們為什麼要驅趕他？

混亂中，毛克利聽到美絲瓦的聲音：「我的孩子啊！他們說你是個巫師，隨時能變成一隻野獸。我不相信！我知道你只不過是為我死去的納圖報了仇！你還是趕緊離開吧！否則他們會殺死你的！」

就在這時候，一塊石頭砸中了毛克利的嘴角。他苦笑了一下，大聲喊道：「快回去吧！美絲瓦！這只不過是他們所說的愚蠢故事之一！美絲瓦，至少我為你兒子報仇了！再見了！趕快逃，好好保重自己。」

等美絲瓦走遠之後，毛克利繞到水牛群後面吼了一聲，水牛群立刻像怒濤般衝向村莊入口。

「你們好好地清點牛群的數量吧，說不定我會偷走其中一頭，我再也不會為你們放牛了！今後誰若敢對美絲瓦不客氣，我會帶著狼群來鬧得你們雞犬不寧！」

話一說完，毛克利便帶著他的狼兄弟們奔向叢林。他抬起頭仰望星空，說道：「我不必再住在圍欄裡了，我們回去吧！不要傷害這些無知的居民，因為美絲瓦一直非常地照顧我，對我很好！」

毛克利帶著他的狼兄弟們又回到了狼穴，看見愛他的狼媽媽在洞口等他。

「媽媽，他們把我從人群裡趕出來，可是我沒有食言，我把希爾汗的皮給帶回來了！」

狼媽媽看著她最疼愛的小孩回來了，熱淚盈眶，眼睛閃亮亮的。

然後，毛克利到大會岩去，把希爾汗的虎皮鋪在阿凱拉常坐的那塊平坦的石頭上，阿凱拉又像以前一樣坐上了他首領的位置上：「大家注意看！」自從阿凱拉下臺以後，狼群很長一段時間都沒有首領，但是這聲召喚，又使他們聚集在一起了。那段沒有首領的日子可讓他們吃足了苦頭啊！狼群吶喊著：「再來領導我們吧！阿凱拉！再來領導我們吧！毛克利！我們對這種漫無法紀的生活厭煩透了，我們希望再次成為自由之民！」

「不，人群和狼群都把我驅逐出去！從此以後，我只願

意自己一個人在叢林裡狩獵！」毛克利說。

　　但是，他的狼兄弟們仍緊緊跟隨他。因此，他又回到了他的叢林，和他那四個狼兄弟們一起繼續在叢林生活。

第五章　叢林的力量

　　毛克利把希爾汗的虎皮送到「大會岩」，鄭重向大家宣布他的歸來！他又重新回來過他所熟悉的叢林生活，回到他思念已久的狼穴裡了！

　　一個午後，他向狼爸爸和狼媽媽談起他在人群裡生活的經歷。當狼媽媽聽到人們用石頭當武器驅趕毛克利的時候，忍不住氣憤得想去討回公道。不過，狼媽媽對美絲瓦百般關照毛克利，則是感激萬分——她希望天底下所有人、所有野獸，都能像自己愛毛克利那樣愛他。

　　毛克利把自己的頭靠向狼媽媽的肚子，滿足地笑了。他不願意再看到、聽到或聞到人類了！

　　阿凱拉在毛克利把虎皮送回「大會岩」後，又沿著原路回去，把他來時的足跡弄亂，讓人們無法找到他們走過的路徑。這時，蝙蝠就在他的頭頂散布著消息：「在你們離開村莊後，村民們就在小傢伙被驅逐的地方，聚集了起來呢！我看到『紅花』在村子口，村民們拿著槍圍坐，像黃蜂般嗡嗡嗡地討論著什麼。」

　　阿凱拉回頭告訴毛克利：「不久，那些人要拿著槍來追趕我們了！」

　　「為什麼要這麼做呢？他們已經把我驅逐出境，究竟還想要做什麼？」毛克利氣急敗壞地說。

　　「你就是人類呀！小傢伙！」突然間，阿凱拉迎風騰身一躍，落到了五十碼外的地方，半蹲半立，身子直挺著。毛克利在一旁觀望，他知道阿凱拉擁有敏銳的氣味辨別能力，「人！」阿凱拉叫了一聲後，將身體完全蹲低。

　　「是布迪歐！他還是跟著我們的足跡找來了！那就是他的槍桿反射的刺眼光芒！」毛克利也意識到危險的逼近。

「我就知道會有人跟來！」阿凱拉怒不可遏地說道。

毛克利對保持沉默的四隻狼兄弟說：「好的，兄弟們！我們五個究竟誰才是領導者？」

「你呀！小兄弟。」灰狼舔著毛克利的腳回答。

「那就來吧！」毛克利一聲令下，四隻狼兄弟就夾著尾巴，緊緊跟隨在後。

「這下又要和人類扯上關係了，」巴西拉加入他們的隊伍，說道：「這回，叢林動物要學習的，可能比叢林法則還多，是不是，巴魯？」

老熊巴魯雖然沉默不語，卻不斷思考著許多事情。

毛克利在矮樹那端看見一個人扛著步槍，在他們兩天前遺留下足跡的小徑上趕路。那日當毛克利背著希爾汗厚重的虎皮離開村莊時，阿凱拉和灰狼尾隨在後，小徑上的痕跡至今仍然清晰可辨。獵人布迪歐正走在阿凱拉故布疑陣的小徑上，他一邊喃喃自語一邊蹲下來，撿起石頭往叢林裡丟。

灰狼和兄弟們作好了戰鬥的準備，他們打算取下布迪歐的性命。但是毛克利嚴厲地制止他們，因為人們都是成群結隊捕獵的，只殺死一個人絕不是好主意，除非知道其他人要做什麼。

毛克利帶著他的狼兄弟們悄悄地穿越叢林，把布迪歐包圍在中間，就像一群海豚圍著一艘全速前進的輪船一樣。布迪歐畢竟是一個老獵手了，他看著狼留下的腳印，嘀咕了一聲：「這些狼一定在附近出沒！我這輩子從沒見過這樣的腳印。」略感疲憊的他，坐下來稍作休息。

這時候，一小群燒炭人沿著小路走來，大家都認識布迪歐，因為他是這一帶最有名的獵人。燒炭人坐下來開始和他們聊起來，布迪歐添油加醋地說起毛克利的故事，他把毛克利形容成一個「魔孩」，而自己則是最了不起的獵人，親手

殺死了老虎希爾汗，還和變成狼的毛克利打鬥，所以村子裡的人請求他來抓住這個可怕的妖魔，好讓大家能安心生活。

最後，布迪歐還提到美絲瓦和她的丈夫，說他們就是這個「魔孩」的爸媽。村民已經把他們抓起來，關在他們自己的小屋內，很快就要加以拷打，等他們招供自己是巫婆和巫師之後，就要把他們燒死。

燒炭人對這個消息非常感興趣，因為他們很喜歡參加那種血腥的儀式。布迪歐得意地說，那必須等到他回去才會舉行，因為沒有他的主持，村民什麼事情也辦不成。而且，在燒死美絲瓦和她的丈夫以後，他還得主持如何分配他們的土地和水牛——富裕的他們擁有一些非常肥沃的土地和一群非常壯碩的水牛。當然，這件事絕對不能讓英國人知道！英國人絕對不會讓村民私下處決巫師，所以村子的工頭會向英國人說，美絲瓦夫婦是被蛇咬而喪命。現在唯一要做的，就是殺了那個狼小孩！

毛克利不停地把這些對話翻譯給他的狼兄弟們聽，灰狼訝異地問：「難道人類還會設下陷阱捕捉人？」

「我不太懂，反正他們全瘋了，可是美絲瓦夫婦怎麼會落入他們的圈套呢？還有『紅花』又是怎麼一回事？我得去探個究竟！布迪歐沒捉住我之前，他們是不會對美絲瓦怎樣的！」毛克利自認必須回到人群去，因為美絲瓦有麻煩了，他必須去幫助她，報答她所給予的愛。

這時，布迪歐一夥人已成一縱隊，浩浩蕩蕩地上路了。

「我得趕快跑回村裡！」毛克利說。

「那些人怎麼辦？」灰狼望著那些燒炭人，只見他們的背影漸行漸遠。

「唱歌送他們回家。我可不希望他們能在天黑前抵達村莊！」

毛克利讓他的狼兄弟們幫忙拖住布迪歐一群人，務必讓他們天黑以後才回到村子裡。灰狼們就在布迪歐一群人周圍唱起了歌，幾個燒炭人嚇得縮成一團，布迪歐也驚得舉起槍筒，朝各個方向胡亂指一通。

　　毛克利以飛快的速度往村莊趕去，他依然是那麼的強壯且健步如飛。一心想著要把美絲瓦夫婦救出險境的毛克利，不明白人們為什麼要給人製造這種危險處境，但他決定要向全村的人討回這筆債。

　　天色微暗，毛克利來到草原，往村莊那頭一望，他注意到村民今天從田地裡回來的時間比平常早，而且都不去做晚飯，反而聚集在村口那棵樹下大聲聊天，議論紛紛。

　　他沿著村外的矮牆，躡手躡腳地走到美絲瓦的小屋前，從窗戶望進去。只見美絲瓦的手腳都被綁著、嘴裡塞著布，整個人躺在那裡動彈不得，不斷地呻吟；她的丈夫則被緊緊地綁在床架上。小屋的門緊鎖著，有三、四個人倚門而坐。毛克利悄悄地從窗戶潛入屋內，俐落地把麻繩割斷，拿掉美絲瓦口中的布。被村民拿石頭砸了一早上、又痛又害怕的美絲瓦，看到毛克利的時候激動不已，毛克利連忙用手摀住她的嘴，以免她真的太開心而叫出聲來。

　　「我知道——我知道你一定會來！你肯定是我的兒子！我更加堅信這一點了！」美絲瓦忍不住地抽泣，她告訴毛克利，其實村民是覬覦他們的財富，所以說他們是巫師、他們的兒子是魔鬼，這樣就可以瓜分他們的財產了。

　　美絲瓦的丈夫卻在一旁悶悶不樂地說：「兒子也好，魔鬼也好，對我們而言又有什麼差別呢？反正我們只有死路一條。」

　　毛克利指著窗外說：「那邊就是往叢林的路，你們的手腳上的繩子都解開了，快走吧！」

美絲瓦面露難色，說：「可是孩子，我們不像你那麼熟悉叢林，我們走不了多遠，肯定就會被他們趕上，再被抓回來的！」

「不會，我會保護你們。我不想傷害他們，但是也絕對不會讓他們追上你們的！」毛克利自信地說。

這時候，外面傳來一片嘈雜聲，顯然是布迪歐他們回來了！不過，他們不會馬上過來，他肯定又要把自己今天的事蹟向村民們炫耀一番。毛克利悄無聲息地從小窗跳了出去，他必須去聽聽他們的對話。

村民全圍著布迪歐，認真地聽著他滔滔不絕地說著一些巫術、魔鬼的事，所有人都沉浸在他所製造的恐怖氣氛中。

毛克利又回到了小屋，他小聲地說：「大家全圍著布迪歐在聽他胡說八道，等他一講完，可能就要過來拿『紅花』把你們活活燒死了！」

美絲瓦表現出身為母親特有的勇氣，說：「我決定了，我們去卡尼瓦拉，在那裡可以找到英國人，他們不會容許人們暗中燒殺擄掠的。要是今晚我們能到達那裡，我們就會有活路，否則只能被燒死在這裡了！我們還藏著一點錢，有了這一筆錢，我們可以買一匹馬，儘快擺脫村民的追捕。」

毛克利把美絲瓦夫婦送到路口，叮囑他們一路上不要害怕，即使聽到一些嗚嗚的歌聲也不要害怕，那些野獸不但不會傷害他們，還會保護他們，而且村門會一直關著，直到他們安全離開。美絲瓦給毛克利一個最深情的擁抱，她知道他就是她最心疼的孩子。

這是一個不平靜的夜晚。這個印度村莊的周圍聚集許多叢林野獸，散發著各種的氣味，有一種使人發狂的力量。村子口樹下的聲音愈來愈嘈雜，散會後，人們手裡拿著棍棒、竹竿、鐮刀和匕首，叫喊著往美絲瓦的小屋湧去。

「巫婆、巫師！咱們看看燒紅的硬幣能不能讓他們招供吧！把他們的屋子點燃！我們看他們還怎麼收留狼魔！不，先揍他們一頓！火把！槍筒！」

村民來到小屋前，開門的時候遇到了一點點小麻煩，但他們硬是用身體把門強行推開，火把的光照進了屋子。黑豹巴西拉慵懶地躺在床上，爪子交叉著從床頭上輕輕垂下，身體黑得像地獄，看起來可怕得像惡魔。大概有半分鐘時間，屋子裡靜得連呼吸聲都沒有，隨後村民就連推帶扯地從屋裡逃了出去，門外響起一片紛亂雜沓的尖叫聲和腳步聲，人們驚慌失措地拚命往自己的小屋逃跑。才一轉眼的工夫，路上就空無一人了。如果仔細聽，還可以聽見村民正在移動沉重的糧箱，企圖把門堵上。巴西拉很滿意，他做得很好，美絲瓦夫婦會有充裕的時間，遠遠地離開村子。

毛克利回到了叢林，躺在一塊岩石上不知不覺睡著，一直睡到白天過去，黑夜又降臨，他才醒過來。當他醒來的時候，巴西拉已經為他帶來了一隻剛剛獵殺的雄鹿。毛克利用他的剝皮刀動起手來，連吃帶喝，還不時用手擦擦嘴。

老鷹帶來最新的消息：美絲瓦和她丈夫已經平安到達卡尼瓦拉，因為他們逃出村子的那個夜晚，不到半夜就找到了一匹馬，又因為有叢林兄弟們的保護，所以走得很快。而村子裡的居民，直到今天早上烈日當空，才敢出來外頭活動一下，但是吃完早飯後，又趕緊跑回屋裡去了。

毛克利沉默著。他回想起美絲瓦的血，那些流在綁著她的繩子上、已經凝固的血——這是他第一次看見人血！美絲瓦對他很好，給了他一位母親最誠摯的愛，他也毫無保留地愛著她，就像他毫無保留地恨著其他人一樣。

可是即便這樣，他也不想下手要那些人的性命，讓那些可怕的血腥味再一次衝進他的鼻腔。他的計畫比較簡單，可

是很澈底，而且這個靈感，其實源自於布迪歐的一個故事，這讓他覺得有點好笑。

毛克利請巴西拉去把野象哈迪一家找來，因為他的這個計畫需要他們。哈迪和他的三個兒子很快就來了。

「有件事我想請你幫忙。」毛克利說了個故事：「一頭聰明的老象掉進一個陷阱，被裡面設下的利樁戳傷，從腳到肩膀留下一道白印。人們把他從陷阱裡拖出來，可是他掙斷繩子跑了，因為他雖然受傷，力氣仍然很大。在他傷好了之後的某個夜晚，他和他的三個兒子回到獵人的田裡，把獵人的莊稼都打劫一空。」

哈迪驚訝地問毛克利怎麼知道這個故事，毛克利笑著回覆：「布迪歐總算說了一回實話！哈迪，你知道把我攆出來的那個村莊嗎？他們為了奪取同類的財產，竟然要把同類扔到『紅花』裡去！為了懲罰他們，我們要再上演一次『大洗劫』！」

那是一個星月無光的夜晚，哈迪和他的三個兒子率先從叢林裡溜出來，毀壞了人們保護莊稼的檯子；隨後，野鹿大軍的先頭部隊，以排山倒海之勢衝進村子的牧場和耕地；野豬也用尖尖的蹄子和粗大的鼻子亂踢、亂撞，把野鹿沒有破壞的全部糟蹋殆盡。最後，狼群也加入陣容，不時發出一聲嗥叫，嚇得野鹿和野豬沒命地亂跑亂竄。天亮前，叢林野獸們又悄悄離開了。不過事情基本上都辦完了。

一大清早，村民起床就發現他們的莊稼全不見了！如果他們不離開，就等於是在這裡等死，因為，接下來的一整年他們都將在饑荒的威脅下掙扎。他們向神靈祈禱，但神靈告訴他們：因為他們無意中冒犯了某個叢林之神，所以整座叢林裡的野獸都來和他們作對。雖然村民依然希望能在村莊裡繼續生活，可是那些不時來犯的野獸，讓他們最終不得不全

數離開了自己的村莊。

房子在人們離開之後倒塌了，曠野上的大路變得愈來愈模糊，地上的莊稼、地裡的種子蕩然無存，周圍的田地也已經面目全非。不久之後，這裡變成了一個坑坑窪窪的土堆，長滿了柔嫩的青草。雨季結束的時候，不到半年前還有鋤頭耕種的土地，一下子就變成了一座咆哮聲四起的叢林。

第六章　死神的祕寶

　　大蟒蛇卡亞正經歷著他出生以來的第兩百次蛻皮，毛克利特地跑去祝賀他。毛克利永遠都不會忘記，他的這條命是卡亞在「冷酷穴」裡奮戰了整整一個晚上，才保全下來的。蛻皮的過程總是會使一條蛇情緒易怒而低落，一直要等他換上閃亮美麗的新皮，才會恢復正常。卡亞十分尊重毛克利身為叢林之王的身分，總是毫無保留地將各種動物們的消息提供給毛克利。

　　這天下午，卡亞將自己粗長的身體盤成一個舒服的「安樂椅」，殷勤地讓毛克利躺在裡面。毛克利欣賞著卡亞全身蛻下來的皮，就連眼睛的皮都脫下了，覺得十分新奇，甚至想像著，如果自己也具有這種蛻去皮膚的功能，在炎熱的日子裡將會是多麼的舒服啊！

　　卡亞不但讓毛克利享受自己的活體安樂椅，還經常和他一起進行扭鬥比賽。這是一場眼力和氣力的較勁，他們頭對頭，來回晃動，接著陷入扭打，忽上忽下，好不激烈啊！結束這種比賽的方法只有一個——卡亞用他的大頭朝前一個猛擊，把這孩子撞翻倒地！毛克利永遠沒辦法防範那閃電般的衝擊。

　　毛克利從地上爬了起來，又歡天喜地地跟卡亞跑到沼池裡嬉鬧。

　　卡亞告訴毛克利一個新消息：在「冷酷穴」的地下有一條很長很長的地道，那裡住著一條白眼鏡蛇，他知道很多叢林居民不知道的事情，他守護著很多叢林居民從來沒見過的東西。人類為了能看上一眼或擁有那些東西，甚至可以付出生命的代價。這條白眼鏡蛇想邀請毛克利去看看這些東西，因為他是人。

毛克利對這件事情大感興趣，他馬上收拾了一下，就和卡亞前往冷酷穴。經過以前那場戰鬥，猴民對毛克利充滿了恐懼，所以當他們抵達冷酷穴的時候，四周一片沉寂。他們倆走過平臺，經過一番尋找後，沿著一條曲折迂迴的傾斜地道而行，來到一棵巨樹的根部。樹根前有巨石，順著縫隙爬下去，發現他們竟身處於一個巨大地窖。幾道亮光從隙縫照進了這個地窖，他們見到了那條白眼鏡蛇。毛克利有禮貌地用蛇語向他問好。

　　那是一條相當巨大的眼鏡蛇，身長近兩公尺左右，皮膚是一種陳舊的象牙白，頸背上的斑紋成了淺黃色，眼睛卻像紅寶石。在簡單寒暄問候之後，他向毛克利說了一個神奇的故事：「我是國王寶藏的看守人，還很年輕的時候，就被派任在這裡看守寶藏，如果有偷盜的人來，結局只有一個，那就是死亡。從我來到這裡以後，那塊堵門的巨石被打開過五次，每次都會有大量的財寶被放進來，但是從來沒有分毫被取走過。這是多麼龐大的一筆財寶啊！是一百個國王積攢下來的財寶啊！從巨石最後一次被打開至今，已經過了很久很久，久到我還以為我看守的這座城已經被遺忘了！」

　　「可是外面根本就沒有城了啊！那裡只有參天大樹！」卡亞說。

　　「你說這裡沒有城，可是你看看，一般的叢林裡怎麼可能有這麼光彩奪目的財寶！如果你能從這裡活著出去，那麼這些財寶將全數歸你所有！」白眼鏡蛇承諾說道。

　　卡亞和毛克利慢慢地往前走，他們看到地窖地面上堆積了一、二公尺深的金幣和銀幣，在這些堆積的金幣和銀幣之中，露出鑲嵌著寶石、裝飾著金箔、點綴著紅玉和綠松石的各種寶物，還有黃金燭臺、銀像、寶石鑲嵌的鎧甲、頭盔和盾牌、金杯、首飾等等，都是價值連城的寶物。這些寶貝的

價值是無法用錢來衡量的，這是幾百年來戰爭、搶劫、貿易和捐稅搜聚網羅的結果。

可是毛克利不知道這些東西的意義，他不知道這些不能吃、不能穿的東西有什麼用處。但是他在那堆寶物中發現了一支兩呎長的象叉。

這可不是一般的象叉，這是國王駕馭大象用的刺棒，製法別出心裁，它的頂端是一顆耀眼的圓形紅寶石，往下是八吋長的柄，密密麻麻鑲嵌了綠松石，握起來非常順手。在那下面有一個玉石花環——花葉是綠寶石，花瓣是紅寶石，鑲嵌在綠寶石中。叉柄以下的部分就是一根純象牙，叉尖則是鋼製的，外面鍍金，鑴刻著捕象的圖案。（「象叉」是印度人騎大象時用來驅象的刺棒，用它的頂端戳象的頭或耳背，示意牠做各種動作。）

毛克利喜歡這個象叉，他覺得這會是他捕獵的好武器。但是白眼鏡蛇卻有點不情願，他告訴毛克利：「如果有人想把這裡的東西帶出去，那就只有死路一條！」

卡亞不願意見到毛克利失望，他說：「他可不是一般的人，他會說我們蛇語，而且是你讓我邀請他來的，如果你殺死他，你讓我怎麼去向叢林裡的大夥兒交代呢？而且，你已經老到沒有毒液了，你怎麼殺死他呢？」

白眼鏡蛇最終還是同意讓毛克利把象叉帶走，但是他也提醒道：「你可以將它帶走，但是千萬注意，別讓這東西到頭來把你們給殺了！記住，它就是死神！這東西神通廣大，它可以殺死全城所有的人！」

毛克利並沒有太在意白眼鏡蛇最後的提醒，他高高興興地帶著象叉爬出了地窖，象叉在陽光的照耀下閃閃發光。他興奮地找到巴西拉，把剛得到的象叉展示給他看，巴西拉卻又再一次提醒他：「我出生在人群，我知道人們為了這麼一

顆鑲在象叉上的紅色石頭，一個晚上可以殺人三次。它就是死神！哈迪被人抓住關在籠裡的時候，人們就是用這種象叉刺他，好讓他順從人類的規矩！」

　　毛克利在把玩象叉一會兒後，覺得它那麼沉重，又聽說它沾染了這麼多罪惡，便開始對象叉感到深惡痛絕。於是，毛克利用力一拋，把象叉扔了出去。象叉閃著光飛了出去，又尖朝下落在了三十碼外的草叢中。扔掉象叉之後，毛克利突然覺得好輕鬆，他爬上一棵大樹，俐落地用幾條藤條編織出一個吊床，舒舒服服地躺在裡面睡著了。

　　毛克利醒來的時候已經是黃昏時分，他想了想，決定再去看看那把象叉上的玩意兒，可是當他來到那片草叢中，卻怎麼也找不到那支象叉了。在象叉落地的草叢附近留下一串人的腳印，巴西拉告訴他：「有一個人把象叉拿走了。」毛克利一聽覺得很有意思，他決定要跟上去，看看這玩意兒是不是真如白眼鏡蛇所說的一樣是一名死神。

　　巴西拉仔細看了看腳印，由於象叉的重量，使得那人在地上留下了清晰可見的腳印。他們倆循著腳印一路小跑，突然，發現了一串比較小的腳印，一看就知道是一個岡德獵人的腳印。從腳印的距離來看，不難看出那兩人之間發生了一場角力比賽，大腳印用盡各種方法試圖擺脫小腳印的追逐，但是在一塊大石頭附近，小腳印追上了大腳印。很快的，他們就發現在一堆破碎的岩石上面，橫躺著一位當地村民，身上有一支岡德獵人的短羽長箭，從背後穿透到前胸。而且，已經不見象叉的蹤影。

　　他們循著小腳印繼續往前追，這次是一個左肩上扛著東西、飛快奔跑的年輕人，一路沿著漫長的緩坡快速奔跑。他們追到河谷裡的營火灰旁，巴西拉突然停住。那裡躺著一個乾瘦、瘦小的岡德獵人的屍體，兩隻腳埋在灰堆裡，他是被

皮鞭勒死的。巴西拉仔細審查足跡，發現是四個穿鞋子的人殺了他。但奇怪的是，他們似乎停在這裡交談過。

毛克利愈來愈恐懼，他和巴西拉之間再無對話，只是默默地追趕。一個小時之後，他們聞到一股煙味兒，那裡又死了一個人，還有一捆衣服胡亂地扔在那裡。他們繼續循著腳印往前追，沒走多遠，他們就聽見烏鴉在一棵柳樹上唱著死亡之歌。樹蔭下躺著三個人，一堆殘火在三人圍成的圈子中冒煙，殘火上有一個鐵盤子，盤子裡有一塊焦黑的麵餅，象叉閃閃發光地放在旁邊。

毛克利聞了聞火裡冒出來的煙，掐了點麵餅舔了舔，叫道：「肯定是第一個人把它放在這幾個人的食物裡，這幾個人先殺了那個岡德獵人，後來又把第一個人殺了，可是最後他們自己也沒有逃過死神！」

毛克利不喜歡人，可是他也不願意為了一把象叉，一夜之間就死了六個人，他決心再也不將任何稀奇古怪的東西帶進叢林了！他決定把象叉送還給白眼鏡蛇。這時候的白眼鏡蛇，正坐在黑漆漆的地窖裡傷心，他為自己的年老和象叉的丟失，而感到痛不欲生。這時只聽見「咻——」的一聲，象叉飛了進來，然後「噹啷——」一聲，落在滿是金幣、銀幣的地上。

毛克利小心翼翼地說：「眼鏡蛇老祖宗，我把象叉還給你，你還是另外再找個同胞，幫你看守這些東西吧！再也不要讓死神走出地窖了！」

「啊——哈！象叉又回來了！我早說過這東西是死神，可是你怎麼還活著啊？」老眼鏡蛇咕噥著，同時用身體纏住象叉。

不面對災難的人沒有勇氣。

He who faces no calamity gains no courage.

魯德亞德・吉卜林

Rudyard Kipling

第七章　血戰沙丘

　　自從趕走那些野蠻、愚昧、凶狠的村民，並將村莊變成一片茂密的叢林後，毛克利開始了他一生中最快樂的生活。因為他的真誠、坦率、勇敢、聰明，所有叢林居民都和他成為了朋友，但同時也都有點怕他。毛克利有時候在叢林裡漫遊時，不是帶著他的四個狼兄弟，就是獨自一人。他經歷過的事情簡直不計其數，有趣的、驚險的和感人的都有。

　　舉例來說，他曾巧遇二十四隻拖著十一車銀幣前往政府金庫的公牛，在半路慘遭瘋狂巨象的毒手；也曾在北方沼澤區，徹夜與鱷魚拚得你死我活；還曾從死人身上取下一把又新又長的刀，追殺那隻行兇的野豬；還有，幫助掉入陷阱的哈迪逃過一劫。

　　狼爸爸和狼媽媽把所有的愛都給了他們的孩子之後，終於走到了生命的盡頭，毛克利和他的狼兄弟們用一塊大石擋住了狼穴洞口，伏在他們身上痛哭了一場。另外，毛克利最敬重的巴西拉和巴魯也已年老，他們甚至無法像以前一樣手腳俐落地捕獵了。老邁的阿凱拉毛色由灰轉白，身體虛弱得無法狩獵，由於狼群的繁衍愈來愈興盛，阿凱拉覺得他們需要一個新的首領，把大家團結起來，在新首領引導下遵行叢林法則，做真正的自由之民。

　　毛克利覺得這件事情並不需要過分擔心，因為大自然有它的安排。果然，當斐歐登上狼群首領的位置以後，昔日的狼嗥又在「大會岩」響起了。他像阿凱拉一樣給予毛克利十足的尊重，毛克利也認真地履行自己在狼群的職責，比如，他總會參加幼狼的審查議事──因為他永遠記得，是一隻黑豹和一隻棕熊，讓一個光著身子的孩子通過審查議事，而獲准留在狼群。除了這些時刻以外，他平常就和他的狼兄弟們

在叢林裡快樂的撒野。

　　某日黃昏，毛克利和他的狼兄弟們扛著一隻剛剛獵殺到手的雄鹿，緩步回狼穴。他們對今天的捕獵成果感到非常滿意，他決定把一半雄鹿送給阿凱拉。這時，遠處傳來一陣悲鳴聲，那是一種可怕的尖叫，夾雜著仇恨、狂歡、恐懼、絕望的情緒。自從希爾汗死後，叢林裡再也沒有聽到過這樣的「厲吼」。

　　毛克利的狼兄弟們停住了腳步，毛髮豎立，開始嗥叫起來：「那是一場可怕的獵殺！」

　　尖叫聲絲毫沒有停止的跡象，反而愈演愈烈。毛克利深吸了一口氣，直向「大會岩」飛奔而去，一路上看見大批的狼也正湧向「大會岩」。抵達時，斐歐和阿凱拉已經端坐在那裡，其餘的狼都坐在下面，繃緊神經。狼媽媽們正帶著自己的孩子跑回洞穴裡去，因為當危險逼近時，弱小成員是不應該暴露在外的。

　　所有的狼都靜靜地豎耳傾聽，努力地辨識外面的聲音，後來，聽見河對岸傳來狼的叫喊：「豺狼！豺狼！豺狼！」那絕對不是這支狼族的狼，因為現在他們一隻都沒有少。正當大家還在揣測的時候，一隻骨瘦如柴、右前爪受了傷、嘴裡吐著白沫的狼闖了進來：「大家好！我是一隻獨居狼，住在某個偏僻的洞穴裡，獨自養活自己、老婆和孩子。可是，一群豺狼，德干高原上的豺狼——殺手『紅狗』，從南方跑到了北方，他們在這個月初把我的四個家人——我的妻子和三隻幼狼——全殺了！我必須去向他們討還這筆血債！可是他們數目眾多，我寡不敵眾，在打鬥中吃了大虧！各位，請幫助我，我也會獵殺，我會報答你們的！」

　　豺狼的個頭沒有狼的大，而且腦袋的靈活度，連狼的一半都沒有。但是，他們非常壯實，數量又多得驚人，一群絕

不少於百隻。他們在叢林裡橫衝直撞、無所畏懼，不管碰到什麼都會撕扯咬碎，叢林裡的動物都對他們心生畏懼，就連老虎也會把一隻新鮮獵物拱手讓給豺狼。

阿凱拉語重心長地看著自己的狼群說：「這將會是一場硬戰，同時也是一場很好的捕獵，也許——是我今生最後一次的捕獵！可是，你們都還年輕，還有著許許多多的日子可活。我親愛的毛克利，你趕緊到北方去躲起來，等豺狼大戰結束，如果還有狼存活，會再通知你回來！你不知道豺狼的實力有多強大，連老虎都……」

「哦，不，阿凱拉，不，阿凱拉！」毛克利喊道：「請聽我說，在這裡，有我的狼爸爸和狼媽媽以及狼兄弟們，還有一隻老灰狼——我親愛的阿凱拉！如果豺狼或任何入侵者來襲，我一定要和自由狼族們一起戰鬥！況且，我還曾與惡虎交手打了勝戰呢！」但是，這沒有改變阿凱拉的決定。

狼群齊聲附和：「交戰！交戰！迎向挑戰！」一陣陣咆哮在夜裡聽上去就好像巨樹倒地的聲音。

毛克利面對眼前的場面，激動得有點無法言語。他匆匆離開後，心中一片茫然地走向叢林，完全沒有注意到路面狀況，結果一不小心就被石蟒卡亞盤成的大圓圈絆倒，摔了個四腳朝天。原來，那時卡亞正在河邊勘察一條野鹿們常走的小徑！

卡亞遇見毛克利感到非常高興，馬上把自己的身體盤成一張舒適的安樂椅，讓毛克利舒舒服服地坐著，同時打趣地說道：「現在可是獵物活動頻繁的時候，你這樣莽莽撞撞地跑來，把我一整夜的捕獵計畫全打斷了，難道這也是叢林法則嗎？」

「哦！睿智、健壯的卡亞啊！我急急忙忙地跑過來，是要告訴你馬上就有一場恐怖的戰鬥要開始了！」毛克利伸手

把卡亞那柔軟的身子拉了過來，直到卡亞的頭靠在他的肩膀上，他才把今夜叢林裡發生的事情，一五一十地說給卡亞知道。

「我的孩子，你是人，不是狼，你難道忘了當初是誰把你趕走的嗎？讓那些狼群自己去對付豺狼吧！你是一個自由的人！而且那將是多麼恐怖的一場戰鬥啊！那場戰鬥之後剩下的只會是一堆白骨！」卡亞低聲勸著毛克利。

「你的話不假，可是在今晚，我已經說過我是一隻狼，叢林裡的樹和河都聽見了這句話，他們可以為我作證！只要豺狼不走，我就是自由狼族的一員！我會拿著刀在河灘上迎戰豺狼，狼群會跟在我後面作後盾。或許豺狼會害怕得扭頭就跑了！」毛克利自信滿滿地說。

「你這是白白送死！好吧，我的孩子，如果一定要這麼做，那我們需要好好的計畫一下，現在我們到河那兒去，我幫你看看該怎麼對付豺狼！」卡亞迅速地轉過身，像箭一樣直奔瓦茵根迦河的主流，一會兒工夫就到了那條淹沒和平岩的河流上方，毛克利一直緊隨其後。

他們又稍稍逆流而上，到了和平岩上面一、兩公里的地方。這個峽谷窄窄的，夾在一處大理石中，兩邊是二十四至三十公尺的峭壁，激流在嶙峋怪石中奔騰。峽谷這裡裂縫很多，岩石都已飽經風霜。自從有叢林以來，岩石的裂縫中一直居住著一群忙忙碌碌、吵鬧不休的印度野蜂，他們在裂縫中一層層的築巢而居，白色的大理石上都沾滿了蜂蜜。漆黑的洞穴堆滿又高又深又黑的蜂巢，不論是人類或野獸都不敢輕易冒犯此禁地！

卡亞一直往上游前進，直到峽谷頂端的沙丘後，才開口說道：「這是這一季的戰果，你看！」

河岸一旁散置著幾隻幼鹿和一隻水牛骨骸。毛克利看得

出來，那些屍體從沒被野狼或胡狼碰過。

「他們不小心越過界線，才會遭此下場，」毛克利喃喃地說：「印度野蜂殺了他們。在野蜂還沒有醒來之前，我們快離開這裡吧！」

「天沒亮，他們不會醒來的。」卡亞說：「我現在告訴你一個故事。很久很久以前，一隻不熟悉叢林的羚羊，被群獸追殺，從南方一直逃到這裡。由於群獸緊追在後，羚羊在驚恐之下只好閉著眼睛往下跳。此時太陽把群蜂晒得燥熱不堪。雖然以前許多動物往河裡跳的結果，總是在落水前慘遭群蜂螫死，更別說那些留在岩石上的野獸了。沒想到，這隻羚羊竟逃過一劫。」

「怎麼說？」

「因為他在蜂群尚未清醒之前，為了逃離群獸的追殺，就奮力往下一跳。這時窮追不捨的群獸剛好遇上被羚羊腳步聲吵醒的群蜂。聰明的毛克利，現在你該知道用什麼計策了吧！」

毛克利不得不讚歎卡亞提供的絕妙計畫。現在，他需要為戰鬥做一些準備。過去，他常在巴魯的協助下偷採樹上的蜂蜜，所以他知道這些野蜂非常討厭野蒜的氣味。於是，他採集了一小捆野蒜，並用一條樹皮纖維綁起來。做好這一切之後，他循著獨居狼的血跡往南走，一邊走一邊想著即將開始的戰鬥，不禁笑了。

他一直走到離蜂岩大約兩公里處，這裡的樹木稀疏，在矮樹的中間有一片開闊地區，那裡完全沒辦法隱匿任何一隻小型的野獸。毛克利爬上一棵樹，又跳到另一棵樹上，他把這個地方仔仔細細地研究個透澈。

近中午時分，陽光暖和燦爛，這時，毛克利聽見豺狼群的腳步聲，也聞到他們那令人作嘔的氣味。他衝著他們大聲

叫嚷，而那群豺狼循著聲音望過去，一下子就發現了他。毛克利大聲喊道：「誰說你們可以過來的？你們這幫壞蛋！」

毛克利用叢林裡最輕蔑、最惡毒的話語辱罵著豺狼，還把一隻光腳丫伸下去，在豺狼們頭上扭動著腳趾頭挑釁。豺狼們氣得近乎發狂，他們圍著毛克利又叫又跳，卻又搆不著他。毛克利一直做好隨時行動的準備，當危急的時刻真正來臨，他騰身一躍，從離地面有二、三公尺高的地方一手就抓住一隻大豺狼。他一寸一寸地把那隻豺狼往上拉，最後把他掛在樹枝上，接著拔刀割掉那條紅色大尾巴，然後再把他狠狠地扔回地上。

這時候，豺狼們再也顧不得追蹤獨居狼，一心只想殺死毛克利！而這正是毛克利想要的，只要能拖延到天黑，他們的戰鬥力就會大大下降——豺狼最不擅長在暮色中作戰。瞄了樹下不停吠叫的豺狼們一眼，毛克利手腳俐落地爬上一根更高的樹枝，把背往上面一靠，舒舒服服地睡著了。

三、四個小時過去，太陽開始下沉，毛克利睡飽後醒過來。他數了數豺狼的數量，他們果然全都還在，不過已經疲憊得東倒西歪、默不作聲了。這個結果讓毛克利非常滿意。

「嘿！我可不需要你們這麼忠誠的衛兵，不過我會記住你們的好處！你們願意，或者說敢跟我來嗎？」說完，毛克利使出看家本領，從一棵樹跳向另一棵樹，還故意裝出隨時就要掉下來的樣子。那群豺狼們果然受到引誘，以為馬上就能抓住他，爭先恐後地追逐著。毛克利跳到最後一棵樹上的時候，停了下來，然後把野蒜拿出來，把自己渾身上下仔細地塗抹了一遍。

「哈哈，小傢伙，你害怕了吧！你想把自己的氣味遮掩住嗎？」豺狼們看到這種情況，覺得自己勝利在握，高興地大聲呼喊。

　　當豺狼們還在大喊大叫時，毛克利已經趁機從樹幹上溜了下來，光著腳丫像陣風一樣，朝著蜂岩跑去，豺狼尚未意會到他要做些什麼，只是本能的一窩蜂跟了過去，他們自信地認為那孩子絕對逃不出他們的手掌心。豺狼隊伍頓時亂哄哄，一個個殺氣騰騰，拚盡全力往前衝。

　　此時的印度野蜂早已休眠，因為現在不是開花的季節。可是，毛克利和豺狼群的腳步聲，在山谷裡迴盪，瞬間把他們全都吵醒了。蜂窩洞口爆發了大海咆哮似的聲音，一大群黑壓壓的野蜂像一朵烏雲般湧了過來。

　　毛克利身上的野蒜味道形成了一道天然的防護罩，當他跳進河裡，再度浮上水面時，石蟒卡亞立刻用身體蜷縮成一團將他緊緊圈著。他們期望看到的景象，正在懸崖邊爆發，一大片、一大片密集的蜂群如同一塊塊鉛錘掉了下來，可是每一塊都沒有碰到水面，就又迅速飛了上去。這時只見一隻隻豺狼的身體落水掙扎，打著轉，被沖往下游。在毛克利頭頂上，蜂民們翅膀的轟鳴聲不絕於耳。卡亞的鱗片是任何蜂刺都無法穿透的，他緊緊圈抱著毛克利，形成了毛克利身上最好的護身鎧甲。

　　這樣的情況下，毛克利的刀終於有可用之處了。他聽到那頭沒了尾巴的豺狼在拚命地大聲呼喊，叫大家堅持下去，可是毛克利知道不管豺狼怎樣呼喊、鼓舞，一切都只是白費力氣罷了。因為他已經聽到下游狼群們的喊殺聲，狼群的鬥志在夜色中愈來愈高昂，而豺狼們卻已喪失了鬥志，有的哀號著說還是上岸為妙，有的則呼朋引伴想返回德干高原，但仍有幾隻怒吼著要毛克利出來送死。

　　最後，等蜂民和卡亞都離去，只剩下情緒亢奮的狼群和落魄潦倒的豺狼群，豺狼們終於明白，這片沙丘將是他們的葬身之地。

「快跑！」豺狼的首領一聲吶喊，所有的豺狼立即往一旁逃竄，互相推擠著，甚至踩踏著同伴的尾巴和身體，落荒而逃。可是毛克利和狼群並不打算放過他們，因此雙方展開了一場持久大戰。

　　在潮濕的棕色沙丘上、糾結的樹根上面和樹根中間、灌木叢中、草叢內外，同時進行著一場廝殺對抗。狼群在岸上搏鬥；毛克利在水裡或岸邊，不停地奮戰，彷彿沒有盡頭。一群鬥志昂揚的狼群，對抗一群已然是烏合之眾的豺狼。豺狼們開始膽怯，不敢攻擊比他們強壯的狼，但又不願輕易認輸跑掉。就這樣，雙方的戰鬥仍舊如火如荼持續著！

　　戰鬥的延續，促使傷亡跟著攀升。灰狼也因此受重傷，鮮血直流，他一邊戰鬥一邊氣喘吁吁地對毛克利說：「我已經皮開肉綻了！」

　　「可是你的骨頭還沒有斷，那就應該繼續戰鬥！我的兄弟，上啊！」毛克利鼓勵著，他那把血紅的刀刃如同火焰一般，沿著一隻豺狼的肚子劃下，而那隻豺狼的後腿正被一隻死纏不放的狼壓在身子底下，於是毛克利將已瀕臨死亡的豺狼隨手扔給了那隻狼。

　　獨居狼殊死搏鬥著，他顧不得自己是否受了重傷，一心只想為自己的妻兒報仇雪恨。直到最後，他耗盡了全身最後一絲力氣，血也流乾了。但是在他快要斷氣的一刻，牙齒仍緊緊咬著一隻豺狼的脊背骨不放。那隻豺狼的身子抽搐了一下，倒地不動了，獨居狼才彷彿完成最後任務一般，身子漸漸發軟，倒臥在那隻豺狼的身上。

　　戰鬥終結。剩下的豺狼們四處逃竄，紛紛逃離了那片黑暗、染血的沙場。

　　「不！不能放他們走！他們殺了阿凱拉！」狼群中有狼高喊。毛克利從堆疊的屍體下方拖出了奄奄一息的阿凱拉。

「我不是已經說過這是我最後一場的戰鬥嗎？」阿凱拉上氣不接下氣地望著毛克利說：「這場戰鬥真是精采啊！你還好吧？我的孩子？」

「我活著，我活得好好的，而且我還殺了很多很多的豺狼！」

「不錯！現在的我快要死了，我將要死在你的身邊，我的孩子！我的命是你救的，今天你又救了整個狼群，就像當初我救過你的命一樣，這一切你都不曾遺忘！如今，所有的債都還清了，你應該回到你的同胞那裡去了，我的孩子！回去吧！」

「不，我不回去，我永遠都不會離開叢林！我說過，我要獨自在叢林中狩獵！」毛克利把阿凱拉那傷痕累累、慘不忍睹的頭放在他的兩個膝蓋上，兩條胳膊緊緊摟住那已被撕裂得幾近見骨的脖子。

「我的孩子，還是回去吧！夏季過去以後就是雨季，雨季過去後就是春季。到時候你會被攆走的！那個攆走你的人不是別人，正是你自己！」

「那就等毛克利攆走毛克利的時候我再走！」毛克利任性地回答道。

毛克利輕輕地把阿凱拉扶起來，阿凱拉深深地吸了一口氣，他領著狼群唱起狼首領臨終前唱的「死亡之歌」，他愈唱愈起勁，一直唱到最後一句。然後他突然擺脫了毛克利的擁抱，向空中一跳，落在他最終也最壯烈的戰場上，寧靜的死去了。

毛克利靜靜地守著阿凱拉瘦弱的屍體，周圍殘存的幾隻豺狼正被那些不肯罷休的母狼們撕咬著。最後，這些曾誇下海口說要占據叢林的豺狼們，終究沒有一隻回到德干高原。

永遠不要向後看，
否則你會從樓梯上摔下來。
Never look backwards or you'll fall down the stairs.

魯德亞德·吉卜林
Rudyard Kipling

第八章　春奔

　　豺狼大戰後的第二年，毛克利已經十七歲了，他看起來比他實際年齡還要成熟，只因他經歷了艱苦的磨練，又有天然的食物和泉水滋養。所以，孔武有力的他，可以單手抓住樹枝盪上半小時，絲毫不覺得疲憊；他還可以輕鬆捕獵到一隻曠野上的小雄鹿，獨自一人便能使其束手就擒。

　　叢林居民們本來就害怕他的機智聰明，現在卻又開始害怕他的力大無窮，所以每當他快步行進時，颯颯的聲音總會橫掃過樹林。然而毛克利的眼神總是溫柔和藹，即便在戰鬥中，也從不像黑豹巴西拉的眼睛那樣銳利凶猛。毛克利的眼神總是透露著一抹炯炯靈光，而且愈戰愈亢奮，而這正是巴西拉無法理解的地方。

　　巴西拉問過毛克利這個問題，毛克利回答：「如果我捕獵撲了個空，那我就會生氣；如果我三天沒吃東西，就會非常生氣。可是這些事情在我身上不可能發生！」

　　巴西拉似乎有些明白了。他們倆躺臥在瓦茵根迦河流淌的山腰上，遙望著灣甘達遠處風景的變化——晨霧繚繞於下方，像一條白色的帶子；當朝陽升起的時候，又變化成了一片片紅色和金色交疊的雲海。寒冷的天氣馬上就要結束了，雖然草木看上去依然枯黃，可是春風一吹，我們就可以聽見非常輕微的「啪啦啪啦」聲，那是草木在生長的聲音。

　　巴西拉傾耳聆聽，那聲音彷彿在訴說著：「新的一年開始，叢林又復活了！『新語時節』快到了，這裡的每一片樹葉、每一根草都知道！」他朝天仰躺，爪子在空中亂抓，黑色的肚子上全是參差不齊的冬毛。

　　「嘿！我說你能不能不要這個樣子，這看起來實在很像隻貓！」毛克利說。

「好啦！我聽見了，小嬰兒！誰能像你這樣有勁又聰明呢？不過我也知道，你再也不會就這樣躺在地上，看來你要飛了！」

「新語時節快來了，每到那時候大夥兒都會跑開，把我一個人丟下，剩下我獨自一個人！上回我為人類採集甘蔗，請你們來幫忙，你們都不肯到我這兒來。我明明看見你們在那裡跳舞、吼叫和奔跑。我可是叢林之王耶！哼！算了，我累了，我要休息一會兒！」毛克利說著便沉沉地入睡了。

在印度的叢林裡，一個季節悄悄地接替另一個季節，似乎沒有什麼變動。在外人看來，似乎只有兩個季節——濕季和乾季。但是，每一個熟悉叢林的生物都知道，這其實是一個四季分明的地方，而春季是最神奇的季節，因為它不但用新生的葉子和鮮花，覆蓋光禿禿的田野，還把寒冬的氣息一掃而空，世界上沒有任何一個地方的春天，可以和叢林的春天相媲美。在隆隆的春雷中，春雨絲絲地下著，所有喜歡雨水的植物都隨著這喧鬧聲紛紛甦醒了，而那聲音是每一個叢林居民都能聽見的。

毛克利喜歡季節的變化，他總是能看見第一片春雲。他的聲音會傳遍鮮花綻放的地方。就像他所有的夥伴一樣，春天就是他選擇用來東奔西跑的季節。不過，他所有的奔跑都僅僅是為了取樂。他頭戴奇異的花環，從夜幕初降到繁星升空，一直在溫暖的叢林裡奔跑，一口氣能跑上三十、四十，甚至五十哩。不過他的四兄弟不參與他這種奔跑，他們更喜歡和其他狼一起去唱歌。春天，會讓他們聽到叢林中各種動物的歌聲，所以這個季節又被稱為「新語時節」，代表了春天的來臨，同時也是動物們發春的時期。

這個春天，毛克利總有一種悶悶不樂的感覺。他把全身上下仔細地檢查了一遍，看看是不是哪兒扎了刺，可是什麼

也沒發現。他聽到鳥兒的說話聲，也想和他們聊聊，可是抬起頭來卻沒有看見小鳥，只看見幾隻猴兒在林子裡穿梭。毛克利實在是不知道怎麼回事！他已經吃了很好吃的食物，喝了很好喝的水，卻仍舊會無緣無故地對巴西拉和其他的叢林居民口出惡言，身子又時而感到發熱，時而感到發冷，時而又不冷不熱的。

「對了，我應該往北方大澤來一次春奔，再折返回來！我可以進行一次長時間的捕獵，我的四個兄弟也應該和我一起去，經過一個冬天，他們都胖得快走不動了！」

於是他用盡全力地呼叫他的四個兄弟，可是他們跑得太遠，而且正投入於歌唱中，根本沒有聽見，其他叢林居民也沒人搭理他，這讓毛克利覺得非常的生氣！他故意擺出一副目中無人的姿態走著，心裡憤憤地想著：如果豺狼來了，或者「紅花」來了，他們還能這麼對他嗎？

兩隻年輕的狼沿著小路慢慢跑來，正在尋找一塊寬敞的空地進行決鬥，很快找到後，便擺開架勢，準備進行決鬥。毛克利跳上前去，一手抓著一隻狼把他們倆分開。這可不是他平日的作風，以前他可從來不會去干涉春鬥。兩隻狼也不領他的情，甩開他之後，馬上開始扭打在一起。

按照叢林法則，兩隻狼有充分的權利進行決鬥。毛克利慢慢放下舉起的手，放棄分開他們的打算。他覺得自己似乎誤吃了毒藥，才會失去自己的力量，對叢林失去控制能力。雙狼格鬥直到其中一隻跑掉為止，最後只剩下毛克利陪著那隻打了敗仗、血跡斑斑的狼。

春奔的那個日子，毛克利一大清早就去捕獵了。叢林裡很安靜，他獨自一個人進食，但是他不能吃太多，因為吃得太飽不利於他的春奔。等一切就緒，那悶悶不樂的感覺頓時消失，他唱著歌邁開大步出發了。他順著長長的下坡路穿越

叢林中心，一路上健步如飛，奔向北方大澤！當他厭煩了在陸地上走路時，便索性將雙臂往蔓藤上一攀，學猴子那樣，施展空中飛躍的特技。

一路上他經過了寂靜炎熱的山谷、幽暗的大道、潮濕的矮樹林，以及碎石覆蓋的山頂。在行進的路途中，他不時能聽到叢林居民們的聲音。他一路飛奔，有時仰天呼喊，有時引吭高歌。直到後來，空氣中那潮濕的氣味告訴他：他離北方大澤不遠了。

這是一大片沼澤地，如果是一般人家教養長大的人，沒有邁出三步就會陷下去，慘遭滅頂。可是，毛克利是叢林的孩子，他的腳上似乎長著眼睛，他從一個草叢跳到了另一個草叢，從一簇矮樹竄到了另一簇矮樹，不需要眼睛仔細地分辨。大澤的居民也隨著春天的到來而甦醒，但是誰都沒有注意到毛克利。毛克利覺得自己已經擺脫那種無力的感覺，這讓他非常高興，他想高聲歌唱！

但是過了不久，身體的汗乾了，頭頂飛翔的小鳥也紛紛飛回水面，周圍顯得一片寂靜，那種感覺又回來了，這讓他非常害怕。

「我肯定是中毒了！」他的聲音充滿恐懼，「一定是我不小心吃了什麼毒物，我身上的力氣快消耗殆盡了，難道我將要死在這大澤裡了嗎？」

毛克利對自己說：「不，我要回到自己的叢林，死在大會岩上！」但一連串熱淚仍不停地滴在膝上。

沼澤的盡頭是一片寬闊的平原，那有一盞燈火在閃爍。他看見了「紅花」！是他在人類村莊見過的「紅花」！

「既然我已經看見它了，就等於我完成這次春奔了。」他心想。

毛克利很久以前就不跟人群往來了，可是今天晚上，這

閃爍的「紅花」卻是如此耀眼，吸引著他向那裡走去。

　　「我必須要去看看，我要看看人群的變化有多大！」毛克利對自己說。

　　毛克利迅速跑到了小屋附近，三、四隻狗衝著他狂吠，但毛克利很容易就喝止了牠們。他悄悄地在那裡坐下，想起好多年前人們拿石頭砸他，把他趕出村莊的情景。突然，小屋的門打開了，一個女人走出來左右張望了一會兒，然後衝著屋子裡喊道：「外面沒什麼事情，趕緊睡覺吧！天很快就要亮了！」

　　毛克利一躍而起，全身就好像得了熱病似地打著哆嗦。那聲音聽上去竟是如此的熟悉，他不禁輕輕地喊出聲，他很詫異自己竟然還能如此熟練地使用人類的語言：「美絲瓦！美絲瓦！」

　　「誰？是誰在叫？」女人的聲音有點顫抖，她似乎想到了什麼人。

　　「美絲瓦，你是不是把我忘記了？」毛克利的嗓子突然有些乾啞，說話有點顫抖。

　　「是你嗎？我的孩子，我給你取過什麼名字？」她半掩著門，一隻手緊緊按著自己的胸脯，就怕自己的心跳出來。

　　「納圖！納圖！」毛克利清晰地記得這個名字，那時候她就是一邊摟著他、撫摸他，一邊溫柔地叫著這個名字。

　　「哦！我的孩子，我的孩子回來了！」她帶著哭泣的聲音驚呼。

　　毛克利走到燈火下，仔細打量著眼前的女人。是她，就是她曾經給了他母親的愛。是很久以前，他從人群裡救出的那個女人。她老了，頭髮白了，身子彎了，但是她的眼睛和聲音沒有改變。

　　她也緊緊盯著他看，希望能認出記憶中那個毛克利。在

「紅花」的照耀下，毛克利顯得強壯、高大且英俊，一頭烏黑長髮披散在肩頭，頭上戴著一頂茉莉花的花冠，這副模樣容易讓人將他誤認為是叢林守護神，她感到震驚，「這……這……這是我的兒子？不！他不再是我的兒子，他應該是村子裡的守護神呀！」

躺在小床上的孩子猛然驚醒，開始尖聲哭鬧。美絲瓦趕緊去抱他、哄他。毛克利依然一動也不動地站在那裡，環視著屋子裡的一切——水缸、飯鍋、糧箱，以及人們所使用的各種物品，這一切都是那麼的熟悉。

「我該叫你什麼呢？納圖還是守護神？我的孩子，你想吃點什麼或喝點什麼？我們的命是你救的，我們這裡的一切都是你的！」

「我是納圖。這裡距離我生活的叢林已經很遠很遠，因為看見燈火，所以我就到這裡來了！我不知道原來住在這裡的人是你們！」毛克利說。

美絲瓦還是有點膽怯地說：「我們到了卡尼瓦拉以後，英國人本來要整頓一下那些可惡的村民，可是按照英國的法律程序完成報備，準備去懲治他們的時候，卻再也找不到村子的蹤影！後來我們就在這裡闢了一塊地，雖然不如原來的富有，可是我們的開銷不是特別大，所以日子還過得去。」

「他上哪裡去了？我的爸爸。」

「他過世了，已經一年了。」

「那他呢？」毛克利端詳著孩子說。

「他是我的兒子，兩個雨季前出生的！假如你就是被老虎叼走的納圖，那他就是你的弟弟，請把你作為大哥或是守護神的祝福賜給他吧！」美絲瓦帶著祈求的口吻說。

毛克利輕柔地把孩子抱了起來，孩子這時候也忘記了害怕，伸出胖嘟嘟的小手玩弄毛克利胸前的刀，毛克利小心地

把孩子的手撥開。美絲瓦激動地在屋子裡轉來轉去，不知道應該做什麼，後來她聽毛克利說心裡沉甸甸的，便趕緊熱了牛奶，「恐怕是熱病滲入你的骨髓了，我把火生起來，你喝一點熱牛奶！」

毛克利嘴裡咕噥著坐下來，他用手捂著臉，感到頭暈噁心，非常的難受。他大口大口地喝著牛奶，美絲瓦拍著他的肩膀，實在不知道這究竟是守護神還是她的兒子。

「我的孩子啊，平時有沒有人告訴過你，你是多麼的英俊啊！」美絲瓦充滿愛憐地看著孩子，她感受到身為一位母親的驕傲。

毛克利從來沒有聽過這樣的誇獎，他扭過頭去，設法從自己堅實的肩膀上回頭看自己的身形。美絲瓦笑了，毛克利不知道她為什麼笑，也跟著笑了起來，兩個人就這樣笑了很久。那孩子也跟著笑了，從美絲瓦這裡跑到毛克利那裡，又從毛克利這裡跑到美絲瓦那裡。

美絲瓦一把抓住小兒子的手，說：「你可不能笑你的哥哥，要是你有如他一般的帥氣，我就讓你和國王的小女兒結婚，你就可以騎大象了。」

毛克利聽不懂他們這段對話的含義。經過長途的奔跑，又喝了熱呼呼的牛奶，他很快就因為疲憊而蜷起身子，昏昏沉沉地睡著了。美絲瓦輕輕地把被單蓋在毛克利的身上，她覺得她的孩子需要她這樣的照料。毛克利一直睡到了天亮，又從天亮睡到了天黑，他從來沒有像這樣安穩地睡過，本能告訴他：這裡非常的安全。

最後，他猛地從睡夢中驚醒，跳起來的那一下把整個小屋都震動了。原來，是蓋在他臉上的被單讓他夢見了陷阱。

美絲瓦笑著把早已準備好的晚飯擺到他面前，很簡單的動作卻讓毛克利感到無比的親切：幾塊在冒煙的火上烤的粗

餅、一點米、一撮酸果子醬，這些可以讓他填飽肚子，好進行晚獵。他的弟弟緊緊地依偎著他，但他還不知道怎麼面對這麼一個小東西。美絲瓦堅持要把他披散著的黑色長髮梳理整齊，她一邊梳一邊唱著兒歌，那應該是在很多年以前唱給可愛的小納圖聽的歌。

這時，毛克利聽見了一個他非常熟悉的聲音，接著就看見一隻大灰爪子從門底下伸了進來，把美絲瓦和小男孩嚇得縮成一團。

「在外面等我，我沒叫你，你就不能進來！」毛克利用叢林之語說完，那大灰爪子馬上就縮了回去，「媽媽，別害怕！當年就是我的這些夥伴送你們到卡尼瓦拉去的。現在他們來找我了，媽媽，我該走了！」

美絲瓦愈發堅信她的兒子是守護神了。可是就在毛克利走出門口的那一剎那，她還是忍不住摟住了他的脖子：「不管你是我的兒子還是守護神，一定要回來！因為我愛你！不管是晚上還是白天，我的大門永遠都會為你敞開！」

毛克利的喉嚨裡彷彿有一根繩子在拉著，他的聲音像是從嗓子裡硬扯出來似的：「我肯定會回來的！」

門檻上候著的灰狼看見毛克利出來，馬上興奮得又跑又跳，毛克利擰著鼻子說：「我要對你們提出抗議！上次我叫你們一起奔跑的時候，你們根本就不理我！」

「哦，我的兄弟，真是不好意思，那時我們正在叢林裡唱歌呢！歌一唱完，我們就從別的獸民那裡跑開，循著你的足跡追了上來。可是卻發現你跟人群在一起吃飯睡覺！」

「哼，如果我叫你們，你們就跟過來，那就不會發生這種事情了！我自己一個人不堪寂寞，看到『紅花』，馬上想起以前的事，因為一時忍不住寂寞，就跑進去了。」

他們邊談邊走，步伐邁向叢林那裡去。

「如果我要永遠住在那間小屋子裡，你有何意見？」毛克利想了一會兒，終於這樣說。

灰狼十分意外地抬起頭來，看了看毛克利，說道：「什麼？你要跟人住在一起？」但不一會兒，他嘆了一口氣，又說：「巴西拉說的沒錯啊！不只巴西拉，我們的母親也曾經說過：『人總有一天要回到人那裡去。』就連阿凱拉在臨死前，也說過同樣的話啊！」

「那麼，你認為我該怎麼做？」毛克利困惑地說。

灰狼一副不解的表情，抬起後腳來抓抓脖子，說：「人們把你趕出村莊，用石頭打你，要那老獵人殺你，準備把你放在『紅花』裡燒。你說他們太殘酷了，所以動員叢林居民摧毀他們的村莊。當時你說你討厭人，絕不跟人和好，還說你是自由之狼。你是人，也是狼，又是叢林之王，是我們母親的養子，是我們的兄弟，你忍心離開我們，你捨得叢林生活，到人那裡去嗎？」

毛克利儘管討厭人類，但對於美絲瓦和那純真的孩子卻念念不忘，他站在兩個世界的交界處，不知何去何從。

他們一邊跑一邊交談著，最後灰狼的兄弟們決定把叢林居民召集起來。

「叢林之王回人群去了！到『大會岩』上去！」這個消息要是在別的季節，肯定會把大夥兒聚集在一起。不過，現在他們都忙著捕獵、格鬥、殺戮和唱歌，所以大家只是回答：「夏天天一熱他就回來了！雨季就會把他趕回狼穴，跟我們一起唱歌奔跑的！」

「可是我們的叢林之王要回到人群去了啊！」灰狼不停地重複說著。

「哦，這有什麼關係呢？新語時節的好心情不應該被這事情破壞！」他們一個個都這麼回答。

所以，當毛克利心情沉重地穿過那些熟悉的岩石，來到他曾經被帶進狼群的地方時，只有看到他的四個狼兄弟、年老的巴魯，以及卡亞。

　　「我的叢林之路難道就要在這裡終結了嗎？我好像中毒了一樣，失去了力量！」毛克利撲倒在那裡痛哭。

　　卡亞轉了轉他的大蛇圈，說：「親愛的孩子，我在冷酷穴裡第一次看見你的時候就知道，即使獸民沒有把你趕出叢林，你終究是要回到人群去的。」

　　毛克利結結巴巴地說：「獸民沒有要把我趕出叢林？」

　　「只要我們活著，誰也不會趕你走！」毛克利的四個兄弟怒吼道。

　　「我的孩子，雖然現在我老了，甚至看不清楚腳底下的石頭，可是我的心還是明白的。你走自己的路吧！你必須回到和你流著相同血液的族群去。不過，將來若你需要叢林為你做些什麼，只要一聲召喚，你依然是叢林之王！」巴魯愛憐地說。

　　毛克利覺得自己的心被切成了一片又一片，他抽泣著說道：「我不知道是怎麼啦！我不願意走，可是有種我看不見的力量，卻在拖著我走！」

　　巴魯說：「聽著，我的孩子啊，當你還是個小嬰兒的時候，我看見你坐在那裡玩著白色卵石，巴西拉用一頭剛殺的肥公牛為代價留下了你，這一切你都知道。可是參加那次審查會議的獸民，只剩下我們倆和巴西拉。阿凱拉死了，你的狼爸爸和狼媽媽也死了，要不是你的智慧，整個狼群早就滅亡了。現在已經不是小嬰兒在請求狼群批准，而是叢林之王要選擇自己的道路了。」

　　巴西拉突然吼了一聲，和往常一樣敏捷、健壯、兇狠地站到了毛克利面前：「我的孩子啊，你所有的債都已經還清

了，你應該選擇自己的路！記住，巴西拉永遠愛你！記住，巴西拉永遠愛你！」說完他縱身一躍跑走了，直到山腳下他還在吶喊：「記住，巴西拉永遠愛你！」

毛克利依偎在巴魯的肚子上，摟著他的脖子不住地抽泣著，巴魯則虛弱無力地撫摸著毛克利的腳。

「今天我們在哪裡安窩呢？從現在開始，我們都要自己走新的路了！」灰狼和他的兄弟們喃喃說道。

上帝不可能無處不在，
所以他創造了母親。

God could not be everywhere,
and therefore he made mothers.

魯德亞德・吉卜林

Rudyard Kipling

第九章　奇蹟

在印度政府統治下運作的公共事業機構中，沒有比森林部門更重要的，國家只要有經費就會大量投入到護林的綠化工作上。這部門的主要工作，就是想盡各種辦法，跟那些游移不定的流沙和不斷轉移的沙丘爭鬥。按照國家森林學院的研究成果，要在四面修造籬笆圍堵，建設堤壩阻攔，種植粗壯的硬草和細長的松樹固定。除了這些工作，他們還得負責那些在雨季沖刷成乾溝和幽谷的光禿山坡，以及管理喜馬拉雅山國營林區的所有木材。

在這裡，每位林務官都能老練的完成他的工作，比如：呼籲大家重視對樹林的保護、實驗新種子和新樹苗，保持森林保護區的帶狀防火線沒有雜物。他們也修剪樹枝，利用各種林業資源。

吉本斯在林務官這個位置上已經做了四年，剛開始他並不理解這個工作的意義，但是當他騎在馬匹上巡視森林的時候，就能感受到一種從所未有的權威感，所以他非常熱愛這個工作。可是時間長了，也會感到厭倦，讓他甚至願意用一年的工資去享受一個月的城市生活。但是等他這種厭煩情緒一過，森林又把他召喚了回來，他也心甘情願地為它效力。

他住在一間平房裡，這是間白牆搭茅草頂的村舍。房子位於保護林的一角，居高臨下俯瞰著整座森林。他不需要一個花園，因為只要一出家門就進入了叢林，那是一個多麼美麗的天然花園啊！是任何人造的園林都無法比擬的。

吉本斯有一個信奉伊斯蘭教的管家阿譜，他除了伺候主人吃飯，就是和一群本地僕人閒聊，他們住在平房後面的幾間小屋裡，其中兩個是餵馬的，一個是做飯的，一個是挑水的，一個是打掃清潔的。守林員和林警住在離這裡很遠的幾

間屋裡，只有在有人被倒下的樹砸傷或野獸咬傷的時候，才會露面。因此，這裡事實上只有吉本斯一個人在管理。

春天，森林裡還是乾季，只有在寂靜的夜裡才會聽到叢林獸民的吼叫聲。這個季節，吉本斯很少使用他的獵槍，因為在他看來，在這個時候殺生是一件造孽的事情。夏天，吉本斯的工作是巡視森林，四處看看有沒有發生森林火災的危險信號。沒多久，雨季就會咆哮而來，整個林子籠罩在一片又一片的熱霧之中。

吉本斯在這樣年復一年中認識了這座森林，他覺得很快樂。他的薪資會按月送來，但是生活在叢林裡的人很少需要花錢。他所有的錢，都放在那個收放家信的抽屜裡。如果他需要從裡面拿一點錢出來，為的不是去加爾各答植物園買點什麼，就是給某個守林員的遺孀一筆錢，因為印度政府並不會在她丈夫因公殉職時，撥給她這筆慰問金。

有天晚上，一個送信的人上氣不接下氣地跑來告訴他，有一位林警死在康耶河邊，他的頭被砸得稀巴爛了。黎明時分，吉本斯來到現場，有一個女人正伏在屍體上嚎啕大哭，兩、三名男子正在查看地上的腳印。

「是那隻老虎幹的！而且我們都必須小心，一旦他殺紅了眼，會接二連三攻擊人們的！」其中一個人說。

這時，他們看見一個人沿著乾涸的河床走了過來，除了一塊纏腰布，那人渾身上下赤裸裸，頭上卻戴著一頂用美麗鮮花編成的花冠。他走在河床的小卵石上，完全沒有發出一點聲音，連聽慣獵人輕柔腳步聲的吉本斯也大吃一驚。

離他們還有一段距離時，那人就開口說話了：「那隻咬死人的老虎已經喝過水，正在小山那邊的一塊岩石下睡覺。我可以為你們指路！」他的聲音清脆得像銀鈴一般，微微仰起的臉在初晨的陽光照耀下，就像一位在林間迷路的天使。

「你能肯定嗎？」吉本斯開口說道。

「當然肯定！」他笑了。

那幾個在查看腳印的男人悄悄地溜走了，他們生怕被叫著一起去找老虎。年輕人對他們的行為非常鄙視，輕蔑地笑了。然後，他飛快地走在前頭，讓吉本斯有點跟不上。

「年輕人，別走這麼快，我跟不上！你是從哪裡來的？叫什麼？」吉本斯好奇地問。

「我是最近才來到這片林子的，我沒有住在村子裡，我是從那邊來的。」他說著，用手指向北方，「我叫毛克利，先生！」

「你是吉卜賽人嗎？我是這片保護林的總管，我叫吉本斯。我的工作是給這裡的樹和草編號，免得被你這樣的吉卜賽人燒掉了！」

「哦，我不是吉卜賽人，我是個沒有姓的人，甚至連父親也沒有。我更不會傷害叢林裡的一草一木，因為這裡就是我的家！」他臉上帶著一種極其迷人的微笑，「先生，我們現在必須安靜地走。我們沒有必要把那傢伙驚醒，雖說他已經睡得很死。也許，還是我一個人先過去，把那大傢伙趕到先生這裡來比較好！」

吉本斯完全被他的話搞糊塗了，難道老虎能像牛一樣被趕來趕去？這人也太膽大妄為了。

「哦，如果你覺得不行，那就跟我一起走，按你的辦法用那枝英國大來福槍打死他吧！」毛克利輕鬆地說。

吉本斯跟著毛克利，時而拐彎，時而匍匐前進，時而攀登，時而彎腰，當他們來到一處小山泉附近的時候，吉本斯的臉色驟變。老虎就躺在水邊，全身舒展著，一副悠閒自得的樣子，正懶洋洋舔著自己的爪子。對於這個吃人的傢伙，吉本斯覺得不需要心軟。他稍稍緩過氣後，就把槍架在岩石

上。由於那老虎的頭離槍口還不到七公尺遠，所以子彈一擊出就打中了他的後肩，再一槍則打中了他眼睛下方。

老虎那身粗壯骨骼也沒能抵擋住衝擊力強大的子彈，隨即轟然倒下。吉本斯仔細看了看死去的老虎，說：「這是一隻牙齒已經變黃的老東西，這張皮也不值得保存。你需要虎鬚嗎？」他知道守林員多麼看重這些東西。

「我？我是那種拿老虎皮當擺飾的可惡獵人嗎？讓他躺著吧，他的朋友會來收拾他的。」正說著，就有一隻老鷹在他頭頂上尖聲呼嘯一聲，俯衝了下來。

「你不是獵人，那你是從哪裡學到這些知識的？沒有一個獵人可以像你這麼優秀！」吉本斯對這個年輕人充滿了好奇。

「先生，你現在要回家去嗎？我可不可以幫你背著你的槍送你回家？我還從來沒有到白人的家裡看過！」毛克利請求道。

吉本斯帶著毛克利回到了他的家，毛克利對屋子裡的東西表現出一種強烈的好奇心。他認真地觀望房子的構造和擺設，又滿腹疑問地碰了碰竹簾，竹簾「嘩——」的一聲掉了下來，他嚇得跳了出去，「是陷阱！」他驚慌失措地說。

吉本斯哈哈大笑：「白人是不設陷阱的，你實在是個道地的叢林人耶！」

毛克利看著阿譜安排午飯，自言自語地說：「你們總是把吃飯和睡覺搞得這麼費事，我在叢林裡可省事多了！你們擁有這麼多稀罕的東西，難道不怕賊來偷嗎？」

阿譜顯然不喜歡他，帶著怒氣不以為然地說：「只有叢林裡來的賊，才會搶這裡的東西！」

毛克利盯著這個白鬍子老頭看了一會說道：「你要是在叢林裡，我會像割斷一隻山羊的脖子一樣割斷你的脖子。不

過，你先別怕，我馬上就走！」說完他就迅速地消失在叢林裡了。

　　吉本斯看著他的背影大笑起來，但隨後又變成了一聲歎息。身為一個林務官，在森林裡待久了，也就沒有什麼東西可以使他感興趣了，但今天碰到的這個人倒是可以給他提供一種消遣——這實在是個神奇有趣的傢伙，他瞭解老虎就像別人瞭解狗一樣。如果我能讓他來幫我扛槍，一起去打獵，那倒是非常有意思。這可是個十全十美的獵人啊！

　　那天夜裡，吉本斯一個人坐在外廊上抽煙，他不知道如何找到毛克利。當煙圈消散以後，他才發現毛克利雙臂交叉著坐在外廊上，神出鬼沒，吉本斯被驚嚇得連煙斗都掉到了地上！

　　「叢林裡沒有人和我說話，所以我到這裡來了！」毛克利撿起煙斗送還給吉本斯。

　　「林子裡有什麼消息？你又發現老虎了？」

　　「大羚羊按照叢林法則，新月一到就換牧地吃草。野豬現在都在康耶河附近覓食，因為他們不肯跟大羚羊一起吃東西，所以一頭母豬在河邊的深草裡被一隻豹子殺了。如果你不相信，明天我可以領你去看母豬的頭骨。你要是願意稍微等一會兒，我現在就可以趕一頭羚羊到你這裡來。」毛克利回答道。

　　吉本斯愈發吃驚了，「毛克利，你不會瘋了吧！誰能夠趕大羚羊來呀？」

　　「那你在這裡等著！」毛克利說著就走了。

　　吉本斯等了很久，當他的小腿快要麻木的時候，似乎聽見了某種聲音。他懷疑自己聽錯了，可是那聲音一再重複，聲音愈來愈大，伴隨著一隻被緊追的大羚羊粗重的喘息聲。

　　一個黑影從樹林中慌慌張張地衝出來，兜了一個圈子又

回去了。他離吉本斯是那麼近，近到他都可以伸手抓住他。

當吉本斯還沒回過神來的時候，一個聲音忽然在他耳邊響起：「他是從水源那裡來的，他在那裡率領一群羚羊呢！先生現在相信了吧！要不要我把那一群羚羊都趕過來讓先生數一數？」

吉本斯喘著大口氣坐在那裡，這簡直太難以置信了，一個人竟然可以跑得和羚羊一樣快！

「先生，我想要在這裡待下去，先生在任何時候想要瞭解獵物的動向，我毛克利就在這裡。我也會向先生保證，你晚上可以安全地在自己的屋子裡睡覺，沒有一個賊敢破門而入！」

「哦，那太好了！不論什麼時候，只要你需要一頓飯，我的傭人就會給你準備好！」

毛克利走後，吉本斯坐在那裡抽了很久的煙。他左思右想，最後認定他終於找到了他和森林部門一直在尋找的守林員兼林警。於是，他決定要把他推薦到政府部門上班，因為他一個人可以抵上五十個人。

從那天起，連著幾日，毛克利都像影子一樣，在吉本斯的屋子附近出現，有時候就在屋子前面的一根樹枝上睡覺。他還跑到馬廄裡，興致勃勃地注視著那些馬匹。這讓阿譜非常生氣，他覺得總有一天毛克利會偷走一匹馬！因此，阿譜只要一見到毛克利，就指使他做些粗活，又是提水又是拔雞毛，但是毛克利卻滿不在乎，總是笑咪咪地聽他擺布。

幾天後，吉本斯要出差到保護林裡三天，阿譜因為是個胖老頭，沒辦法協助這樣的工作，所以被留在家裡。當然，最主要是因為他不喜歡在守林員的小屋裡睡覺。

吉本斯一大早就出發了，他有一點小小的失落，因為他是多麼希望毛克利能夠和他同行啊！但走了沒多遠，他便聽

見身後「沙沙」作響，原來毛克利正小跑著跟在他騎的馬後頭呢！

「毛克利，我們要在新種的小樹林中工作三天！」

「哦，好的，保護小樹總是好的，所以我已經讓野豬挪走他的窩了。」

「哦，毛克利，你做了守林員的工作卻不要報酬……」

「因為這是先生的保護林嘛！」毛克利抬起頭來看著吉本斯說。

吉本斯感激地點點頭說：「如果政府發你工資不是更好嗎？供職時間長了，最後還會有一筆養老金。」

「這樣的確不錯，可是我不喜歡守林員關上門住在小屋裡，那對我來說簡直就像落在陷阱裡一樣！」

「那就好好想一想，等想好了告訴我。我們在這裡休息一下，吃早飯吧！」

吉本斯吃著從家裡帶來的早餐，毛克利躺在草叢中，過了一會兒，他懶洋洋地問：「先生，今天你有沒有命令僕人把馬廄裡那匹白母馬牽出去？現在有人正騎著她，跑在通往鐵路的那條路上，跑得還挺快！」

「怎麼可能！她已經又老又胖，還有點瘸了！」吉本斯有點不相信。

「那是先生的馬，我必須把她帶過來給先生。我這就把她召喚過來！」毛克利堅持說。

「你要怎麼把她帶到這裡？」吉本斯愈來愈覺得不可置信。

毛克利依舊臉朝天空仰躺著，只是示意吉本斯別出聲，他發出低沉的「咯兒咯兒」的聲音，大聲呼叫了三次。

「她會來的，咱們在樹蔭下等著吧！」

吉本斯覺得毛克利瘋了。不過今天的工作並不緊急，所

以他願意在這裡等著看這個逗趣的同伴，看他說的話是真是假。

毛克利閉著眼睛懶洋洋地說：「有人從馬上跌下來了！馬先到，人後來！」

三分鐘後，吉本斯的白母馬嘶鳴著跑來。過了一會兒，叢林裡傳來了阿諧的呼叫聲：「這簡直就是魔鬼玩的把戲！我實在是走不動了，一步也走不動了！」說著，阿諧從林中鑽了出來，他頭上沒有包頭巾，腳上沒有穿鞋子，纏腰布散了開來，兩隻手捏著兩把泥土，臉漲成了豬肝色。

他一看見吉本斯，馬上哆哆嗦嗦地跪下來，還拿出了一卷髒兮兮的紙來，「我犯了罪，我向您懺悔！先生，鈔票全在這裡，我吃先生的飯，卻做了對不起先生的事情！先生，你可以把我送回家去，然後派人把我押送到監牢，政府會把我這樣的人關上好多年！」

森林的寂寞改變了很多人的觀念，吉本斯覺得阿諧還是一個很不錯的管家，如果再僱用一個新管家，很多事情又要重新適應，所以他決定寬恕他，只是在口頭上嚴厲地警告他一下，然後就把他打發走了。

吉本斯慢慢回過頭，用懷疑的目光看著毛克利，他覺得眼前的這個年輕人，有著某種力量。他嚴厲地說：「現在該告訴我這一切都是怎麼回事了！我知道你耍了花招，我可不喜歡這樣！」

「先生，除非我自己願意告訴你，否則不管是誰，哪怕是先生也不能強迫我！我沒有耍任何花招。總有一天你會明白這一切的！」毛克利就像在對一個沒有耐心的孩子說話。

吉本斯想不明白，有點生氣，索性一聲不吭，只是望著地面沉思。當他抬起頭來的時候，毛克利已經不見蹤影。

吉本斯咒罵了幾句後，便跨上自己的馬開始今天一天的

工作。當他動身前往準備落腳的營地時，風中傳來一股食物的香味，他知道那一定是穆勒——一個高大的德國人，他是全印度的森林部長。他有一個習慣，就是事先不打招呼就跑到一個地方視察，發現問題當下直接對下屬口頭批評。

穆勒看見吉本斯，邀請他一起進行晚餐。這是一頓豐盛的晚餐，他們邊吃邊聊，把工作也順便報告了。

一個黑影在一條小徑上移動，最後走到了火光旁。那是毛克利，他頭上戴著白花編成的花環，手裡拄著一根樹枝，由於對火光極其不信任，他準備稍一有動靜就跑回叢林去。

吉本斯向穆勒介紹：「這是我的一個朋友，他說起這一帶的野獸都好像是他的朋友一樣，他有著神奇的本領，他能驅趕這叢林裡的任何動物，比如大羚羊。」

「哦，你還能趕大羚羊？那你能不能把我栓在木樁上的馬帶過來，而不要嚇壞她？」穆勒饒有興致地問。

毛克利一動也不動地站在那裡，火光照映著他，讓他看起來簡直像希臘神話中的山神。只見那匹高大的澳洲黑色母馬揚起頭，豎起耳朵，嘶鳴一聲，提起後腿奔向她的主人。

這一切都是那麼神奇和不可思議，穆勒把臉轉向毛克利說：「我是印度所有保護林和水利主管部門的總管，我覺得你不要在森林裡東奔西跑，不要為了好玩而驅趕野獸了。你就在我手底下工作，在這個保護林裡當一名林警。做這份工作，你每個月都可以領到一筆薪資，等你有了妻兒、年紀大的時候，還會有一筆養老金。如果你願意，一星期以後政府提供薪資的書面命令就會下達。到時候，你就到吉本斯先生指定的地方，蓋一間你的屋子。」

他又對著吉本斯說：「他是個奇蹟，永遠不會有他這樣的守林員了！他是這保護林裡所有動物的親兄弟！」

毛克利有了一份工作，這讓他感到驕傲。更讓他自豪的

是，他愛上了一個女孩——阿譜的女兒。當然，這個美麗的女孩子也深深愛上了毛克利。

一個午夜，阿譜發現了這一切。他在保護林裡聽到輕柔的笛聲和一對戀人的喃喃細語，他看見空地中間一根倒下的樹幹上坐著毛克利，一隻胳膊摟著他的女兒，口裡吹著一支粗糙的竹笛。

阿譜喚醒吉本斯先生，氣憤得要拿獵槍打死這個可惡的「魔鬼」。突然，他發現四隻個頭碩大的狼後腿直立，伴隨著音樂正在空地上跳著舞。

毛克利帶著他的狼兄弟們，走到了阿譜面前：「我願意和你談談，我是一名政府雇員，按月有薪資，還有養老金，我希望你贊成我們按照習俗成婚！」

吉本斯想了想，對阿譜說：「毛克利是一個挺不錯的好青年，你讓他們成婚吧！」

阿譜雖然不情願，但也只能答應了，沒多久就按照習俗為他們舉行了婚禮。

一年後，穆勒和吉本斯一起騎馬穿過保護林，在一片小矮樹下，他們發現了一個光溜溜在地上爬著的棕色嬰兒，樹後有一隻灰狼探出頭來。穆勒本能地向那頭狼開槍，卻被吉本斯擋了一下，子彈打在上面的樹枝上。

「你忘了毛克利了嗎？那頭狼是他的兄弟，正在看護那個孩子呢！」吉本斯解釋道。

突然，一個女人撥開灌木叢衝了出來，一把抱起嬰兒：「先生，毛克利到河下游去抓魚了！還有，你們這些沒禮貌的傢伙，趕緊出來和先生們打招呼！」話一說完，叢林裡就跑出四匹狼，圍著這個女人和孩子興奮地又跑又跳。

「上天啊！我創造了奇蹟！」穆勒驚歎道。

叢林奇譚學習單

魯德亞德・吉卜林（了解作者與作品）

1. 吉卜林每到一個地方旅行，都會細心記錄當地的民俗風情與地方文化，也因此打造出多部膾炙人口的作品。你曾經在旅行時聽聞哪些特別地方軼事，或是參與過地方特色的活動？

2. 《叢林奇譚》的內容與童軍運動結合，為孩子們的童軍活動增添趣味。你對於童軍活動有哪些了解？如果要策劃一項活動讓孩子們盡情跑跳，你會怎麼設計？

叢林奇譚（故事內容的回顧）

1. 閱讀完叢林奇譚，你對於狼的習性有哪些了解？狼群是如何決定首領的？

2. 故事中提到的「新語時節」是什麼？「春奔」又是什麼？

狼的孩子（假如故事內容發生在自己身上會怎麼做？）

1. 主角毛克利從小由狼群扶養，熊和黑豹是他的導師。想像一下如果你幼時被野獸扶養長大，你會希望是哪種動物？為什麼？

2. 叢林法則的存在有效制約野獸們的衝動，使牠們能在天災時彼此扶持，有人作惡時給予懲罰。故事中提到許多法則，你認為哪一項最重要？如果讓你制定一條新的法則，會是什麼樣的內容？為什麼？

3. 毛克利最後擔任守林員的職位，在叢林與人類社會間取得了平衡。如果你過去生活在叢林中，有天回到城市生活後會有哪些職業適合你？

4. 毛克利幼時曾說過想自成一族做猴民的首領。如果可以讓你選擇的話，你會想要統領哪個族群？為什麼？

野獸與人類（故事困境的延伸）

1. 故事中熊對應智者、黑豹對應溫柔的長輩、狼與蟒蛇對應家人與玩伴，因為有牠們的守護，毛克利學會法則並平安成長。在你的成長過程中，有哪些人是你的熊、黑豹、狼與蟒蛇？他們帶給你哪些啟發？

2. 野獸哺育幼崽與人類扶養幼兒，你認為兩者養育下一代的方式有哪些差異與相同之處？

3. 叢林的野獸們遵循法則，不同的群體能分享和幫助。以課堂分組為例，你認為課堂上該遵循什麼規則？當有競爭關係的小組成員向你尋求幫助，你會如何做？

4. 毛克利靠著印度野蜂智取數量眾多的豺狼，帶領狼群贏得勝利。如果是你的話，除了印度野蜂這項計畫，你還有哪些辦法能重創豺狼群？

水泥叢林（故事內容的延伸）

1. 水泥叢林是形容什麼？如果要比喻你生活的環境，你會如何形容？

2. 叢林法則制約野獸們的行為與制度。你認為人類社會中的都市法則有哪些？

3. 你認為法則的誕生契機是什麼？它又是如何制定的？為什麼具有約束力？

4. 人類社會和叢林一樣都有法則需要遵守，也會需要一位仲裁者來主持公道。以動物的形象來看，你認為哪種動物最能勝任仲裁者的身分？為什麼？

5. 在人類社會中，你認為需要擁有哪些知識與品格，才能勝任仲裁者的身分？

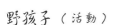

野孩子（活動）

　　毛克利是我們俗稱的狼孩，也就是被狼所扶養的人類孩子。現實社會中，也有多個幼童被野獸扶養長大的案例。那些被狗、猴子、山羊或狼等野獸養大的孩子，他們的語言、肢體和行為會變得與常人不同，反而具有扶養他們的野獸的習性。

　　試著去尋找相關資訊，認識在野獸身邊長大的孩子們的經歷，從起因到結果，這些孩子他們都能順利回歸人類社會嗎？也可以試著思考：如果要協助他們回歸社會，我們可以怎麼做？

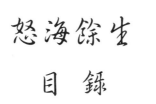

怒海餘生
目　錄

第一章　貴公子落難

在北大西洋的濃霧裡，有一艘巨大的蒸氣郵輪，一邊不停鳴著汽笛，警告散布在四周的漁船避開，一邊隨著波浪起伏，搖搖擺擺地向前行駛。

「那個伽尼家的孩子真是一個麻煩精！」一個身穿粗布外套的人一面說著，一面砰地一聲關上吸菸室的門：「這裡根本就不是他該待的地方。」

有個滿頭白髮的德國人拿起一塊三明治，嘟嚷著：「唉唷，我早就和你說過了，美國到處都是這種人！」

「那孩子告訴我，他每個月都有兩百美元的零用錢呢！真是太誇張了，他還未滿十六歲啊！」蜷縮在角落的費城人說。

「他父親似乎從事和鐵路有關的職業？」德國佬問。

「沒錯。除了鐵路之外，他還有礦場、林場和運輸公司呢！據說，老伽尼在聖地牙哥和洛杉磯各蓋了一棟房子，供家人旅遊時居住。全美國的鐵路和太平洋沿岸的森林，幾乎有一半都歸他所有。」費城人懶洋洋地回答。

「他都不管教兒子嗎？」那名身穿粗布外套的人問。

「老伽尼嘴上說忙著賺錢，依我看啊，他是不想自討苦吃罷了。過不了幾年，他肯定會為自己的行為付出慘痛的代價。」

忽然間，吸菸室的門被推開，一個少年走了進來。他看起來大約十五歲，嘴角叼著半截香菸，膚色白裡透黃，神情有一點吊兒郎當。少年穿著櫻桃紅色的西裝和燈籠褲，腳上穿著紅襪子和黑皮鞋。

他看了看室內的人，然後吹了一聲口哨，大聲地說道：「外面那些漁船真吵！我們何必鳴汽笛警告他們？反正撞上

了，那個人也只能自認倒楣啊！」

「哈維，把門關上，這裡不是小孩該來的地方。」費城人說。

「誰敢管我？」哈維囂張地說：「馬丁先生，難道是你替我買了船票嗎？我想，我應該有權利和其他人一起待在這裡。」

他說完後猛吸了一口菸，身體斜倚著牆壁。緊接著，他炫耀似地掏出一疊鈔票，清點著剩下的零用錢。

「你母親還好嗎？我今天沒看見她吃午餐。」有人問。

「她很容易暈船，現在應該還在頭等艙裡休息吧！等會兒，我打算請個臨時看護照料她。呸！我的菸抽完了，誰有真正的土耳其雪茄？我可不抽船上賣的劣等便宜貨。」

德國佬一聽，臉上立刻閃過不懷好意的笑容。他打開菸盒，從裡面抽出一根黑色的菸遞給哈維，說：「小傢伙，這是一種特別的雪茄，你要不要試試？我敢保證你一定會覺得很過癮的。」

「好呀！」哈維裝作大人的模樣接過雪茄，立刻點火。他覺得自己彷彿融入了成年人的社交圈，殊不知那名德國佬給他的其實是一根廉價的菸。

過了不久，哈維劇烈地咳了起來，臉色瞬間變得漲紅，眼眶飽含淚水。

「小傢伙，你喜歡我的雪茄嗎？」德國佬故意問他。

「不錯，真是夠勁！」哈維逞強地說完後，把頭轉向門口：「我們的船是不是慢下來了？我去甲板上看看。」

他跌跌撞撞地經過濕滑的甲板，朝附近的欄杆走去。他感到頭暈腦脹，想待在那裡休息片刻，卻看見一位曾聽自己誇下海口說絕不暈船的服務生，正在那裡擦拭座椅。無奈之下，他只好轉身走向空無一人的船尾。

哈維痛苦地彎下腰，將身體靠在欄杆上。船尾槳葉發出來的刺耳聲響、海面上不停翻滾的浪花，以及劣質雪茄的菸味，讓他感到頭暈目眩、身體輕飄飄的。忽然間，船身顛了一下，哈維一個重心不穩，就這樣跌入海裡了。

過了一會兒，哈維迷迷糊糊地聽到了一陣號角聲，讓他感覺彷彿回到了之前在阿第倫達克參加的夏令營。漸漸地，他恢復記憶了。他是哈維・伽尼，剛才不小心掉進海裡了。

接著，他聞到一股怪味，而且覺得渾身黏答答，又濕又冷。他睜開雙眼，發現自己正躺在一堆死魚中間，四周的海浪綿延起伏，猶如一片銀白色的山丘。哈維轉動一下眼珠，看見他的前方坐著一個身穿藍色針織衫的男人。

哈維呻吟了一聲，那個人立刻回過頭來。他有一頭烏黑的鬈髮，右耳上戴著小小的金耳環。

「唉唷！你現在覺得好點了嗎？」那人說：「你好好躺著吧，這樣我比較好划船。」

身穿藍色針織衫的男人敏捷地輕輕一划，將小船調轉方向，朝迎面而來的一個大浪划去。小船被抬到大約六公尺高的浪頭上，然後又溜向平靜的海面。

「你怎麼會從船上掉下來？」男人問。

「我暈船了。」哈維說。

「原來如此，我在吹號角的時候，恰巧看見你搭乘的那艘船偏離了航道，接著你就掉下來了。當下我還以為你會被槳葉砍成肉泥呢！沒想到你又浮了起來，然後就朝我這裡緩緩漂過來。」

「我在哪裡？」哈維問，他看不出來自己現在躺的地方有多安全。

「你現在和我待在同一艘平底船裡。我叫做曼紐爾，是從雙桅帆船『在這兒號』下來捕魚的漁夫，我們待會兒就要

回去吃晚餐囉！」

曼紐爾說完，立刻拿起一個大號角，站在平底船上吹了起來。他的身體隨著海浪擺動著，刺耳的聲響穿過海上的濃霧，朝遠處飄去。

哈維不記得這番吹奏究竟持續了多久，只知道自己被小船外的驚濤駭浪嚇得不敢動彈。他彷彿聽到了槍聲、號角聲和叫喊聲。隨後，有個比這艘船更大的東西靠了過來，伴隨著許多人同時說話的聲音。緊接著，他掉進一個顛簸的黑洞裡，身旁有些穿著油布雨衣的人。他們給了他一杯熱飲、脫下他的衣服，然後他就沉沉地睡著了。

哈維醒來的時候，聽見船上的早餐鈴聲。他朝四周張望著，心裡納悶頭等艙怎麼變得這麼小？他翻了個身，看見一盞掛在橫梁上的油燈，以及被燈光照亮的船艙。船艙呈現三角形，空間十分狹窄，中間放著一張小桌子。

桌子盡頭的另一端有一個舊油爐，那裡坐著一位和他年紀相仿的男孩。他的雙頰圓潤、臉色紅潤，有著一雙明亮的灰眼睛。他穿著藍色針織衫和橡膠長靴，服裝和救了他一命的曼紐爾有些類似。

船艙裡充斥著難聞的氣味，似乎是霉味混合著炸魚味、油漆味、胡椒味、菸草味和油布雨衣特有的味道。而這些氣味又和揮之不去的船艙味和鹽水味摻雜在一起，綜合成一個全新的古怪味道。

哈維厭惡地看著他那張僅鋪著亞麻被套的床鋪，上面有著一塊一塊的汙漬。接著，他感覺到這艘船與蒸氣郵輪的移動方式大不相同，它既不是輕快地在海上滑行，也不是微微地順著海浪搖擺，而是像一匹脫韁的野馬似的蹦蹦跳跳，漫無目的地朝前方直直衝去。海水的喧鬧聲迴盪在耳邊，船梁也不斷吱嘎作響。這一切都叫哈維心煩意亂。

「你覺得好點了嗎？」那個男孩微笑著說：「來喝點咖啡吧！」

他說完後，拿了一杯加了糖的咖啡走過來。

「我已經把你的衣服烘乾了，不過恐怕有點縮水。」男孩說：「你轉個身，讓我看看你有沒有哪裡受傷。」

哈維讓男孩檢查了一遍，結果一點兒傷口也沒看到。

「太好了。」男孩熱情地說：「你趕緊穿好衣服到甲板上去，我父親說要和你談談。我是他的兒子，大家都叫我阿丹。」

哈維這輩子從來沒順從過別人的命令，就算有，那人至少也得含著眼淚，一再地向他解釋為什麼要聽話，以及服從命令的好處後，他才肯甘願就範。伽尼夫人大概就是因為這樣，才會弄得差點精神崩潰。

現在，哈維實在看不出有什麼理由必須讓他快點出去，於是不屑一顧地說：「要是你的父親急著找我談話，那就讓他到下面來。另外，我要他馬上送我回紐約，我會給他豐厚的報酬。」

阿丹聽了這番話，驚訝地瞪大雙眼，大聲喊：「爸爸！他說要是您那麼急，就自己下來見他。您聽到了嗎？」

過了一會兒，上面傳來一個低沉的聲音，說：「別胡鬧了！阿丹，馬上把他帶上來！」

阿丹暗自竊笑，立刻把皮鞋扔給哈維。甲板上傳來的那個聲音有種神奇的魔力，讓哈維壓抑住了內心的怒火。他心想，反正待會兒上去說出自己的身世，對方肯定會嚇得目瞪口呆，連忙聽從自己的吩咐。況且，日後他只要告訴朋友們這件事情，他們絕對會把他視為大英雄。

於是，他沿著梯子爬上甲板，跌跌撞撞地走向船尾。他越過了幾處障礙物之後，才順利來到一個身材精實、鬍子刮

得很乾淨的男人面前。男人剛毅的臉孔上，有著兩道灰色的眉毛。

「小傢伙，早安！噢，或許該說午安了，因為你昏睡了一整天。」那人說。

「早安。」哈維說。

他不喜歡別人叫他「小傢伙」，而且落水的他，內心還盼望著能夠獲得一點同情。要是在家裡，他的腳只要稍微沾了點水，母親就會焦急萬分。不過，眼前的男人似乎對他落水這件事一點也不關心。

「現在，我要聽聽你掉進海裡的經過。你叫什麼名字？來自哪個地方？你要到哪裡去？」

哈維把自己的姓名、蒸氣郵輪的名字和事故的經過告訴了男人。接著，他要求對方立即送他回紐約，還說自己的父親一定會重重地犒賞他。

「哼！」男人聽完哈維說的話之後，仍舊不為所動地說道：「不管大人還是小孩，在這種風平浪靜的天氣會從船上掉下來，都是非常奇怪的事情。況且，還以暈船作為你的藉口。」

「藉口？」哈維大叫：「你以為我是為了好玩，所以才故意掉進海裡，然後被你們救上這艘破船嗎？」

「我不知道你究竟在打什麼主意，小傢伙。不過換作是我，絕對不會像你那樣看不起這艘救了你一命的船。還有，你那番話真是傷透了我的自尊心，因為我就是這艘『在這兒號』的船長狄斯科！」

「我不在乎！」哈維不屑地說：「你們救了我，我當然非常感激。不過，我希望你明白，你愈早送我回紐約，你得到的報酬就會愈多。」

哈維把雙手插進口袋，抬頭挺胸，得意洋洋地繼續說：

「你把我從大海裡救上來，絕對是你這輩子做得最好的一件事情，要知道，我可是約翰・伽尼的寶貝獨生子！」

「他被寵壞了。」狄斯科冷冷地說。

「如果你不知道約翰・伽尼是誰，簡直就是孤陋寡聞！好了，現在趕緊掉轉船頭，朝紐約前進吧！」

「我不會去紐約。至於你父親，我很抱歉，我從來沒聽說過。照你的說法，他也許會給我十美元，不過說不定連一毛錢也不給。」

「十美元？真是太瞧不起人了！你看我這裡！」哈維把手伸進口袋，試圖拿出原本放在裡面的一卷鈔票，沒想到最後只掏出了一包潮濕的雪茄。

「小傢伙，那可不是國家發行的錢幣，而且對肺臟也不好，你還是把它扔了吧！趕快再重新找找。」

「我的一百三十四美元被人偷走了！」哈維面色焦急地大喊。

狄斯科瞪大雙眼，驚訝地問：「小傢伙，你才多大的年紀，身上帶著一百三十四美元要做什麼？」

「那是我的零用錢。」哈維喪氣地說。

「唉，我真替你感到難過。我看，我們就別再提錢的事情了吧。」狄斯科安慰他。

「你偷了我的錢，當然不願意再提了！」哈維氣急敗壞地說。

「隨便你怎麼說。要是你這麼講心裡能痛快一點，你就繼續吧！至於啟程返航，我實在辦不到，因為『在這兒號』的船員都必須為了生計出海捕魚。我們一個月賺不到五十美元，更別提零用錢了。運氣好的話，我們大約可以在九月的第一個星期靠岸。」

「可是，現在才五月！我不能因為你們要捕魚，就待在

船上什麼也不做呀！我絕對辦不到！」

「我沒說你什麼事也不用做。」狄斯科冷冷地說：「雖然你沒吃過苦，但肯定還是有你能應付的工作。」

「等靠岸之後，我絕對會讓你們吃不完兜著走！」哈維一邊咒罵，一邊惡狠狠地瞪著狄斯科。

「好了，我沒時間聽你說那些廢話。現在，睜大你的雙眼，好好去幫阿丹幹活吧！只要你努力工作，我就每個月給你十塊美金。至於你的父母親和你那數不清的財產，就等以後再說吧！」

「你是說我得洗碗？」哈維不敢置信地大叫。

「沒錯，而且還得做別的工作！」

「我才不要！我父親給我的錢，足以買下你的這艘破船了，我為什麼要在這裡替你做事？只要你將我平安地送回紐約，就能得到豐厚的報酬。還有，不管你怎麼說，你就是偷了我的一百三十四美元！」哈維跺著腳說。

狄斯科默默地抬頭盯著主桅杆，彷彿在思考該如何解決眼前棘手的難題。哈維則在一旁喋喋不休，大吵大鬧。

這時，阿丹偷偷溜過來，架著哈維的胳膊，苦口婆心地說：「別再吵了，從來沒有人敢那樣汙蔑他啊！」

過了一會兒，狄斯科將視線移到哈維身上，緩緩開口：「小傢伙，如今你既然在這艘船上，就得聽從我的命令。每個月薪水十塊美金，外加免費食宿，你要不要做？」

「不要！」哈維大叫：「送我回紐約，否則我……」

他不清楚接下來發生了什麼事，只記得後來自己躺在甲板上，摀著流血的鼻子。狄斯科站在他的身旁，冷冷地看著他。

「阿丹，我第一次看見這個小傢伙的時候，以為他是個懂事的孩子，沒想到我竟然錯看他了。你要記住，千萬別像

我一樣，用第一印象判斷這個人的好壞。

　　唉，我不得不打他，他實在太無理取鬧了！我想，他剛才說的那些話全都是騙人的，我差點就掉進了他的陷阱。好了，你去替他包紮傷口吧！」

　　狄斯科嚴肅地走進船艙，留下阿丹安慰那位家財萬貫的富家少爺。

我情願相信每個人都是最好的。

I always prefer to believe the best of everybody.

魯德亞德・吉卜林

Rudyard Kipling

第二章　漁船生活

「我警告過你了。」阿丹說：「我父親平時的個性沒那麼急躁，這全都是你自找的。」

哈維的肩膀不停上下起伏，眼淚滴到了甲板上。

「唉，我懂得這個滋味。我第一次出海時，父親就因為我不守規矩將我打倒在地。那時候，我的內心覺得既孤單又難受。」阿丹心有戚戚焉地說。

「真的很不好受。」哈維坐直身子，擦了擦鼻子，然後把那卷鈔票不翼而飛的事情告訴阿丹。

「哇！你父親究竟從哪裡賺來那麼多錢呢？」

「他主要是經營西部金礦和鐵路的產業，但好像還有一些其他生意。」

「噢，我曾在書上讀過關於西部的事！難道你的父親也像書裡描述的那樣騎著快馬，手裡握著槍，帥氣地奔馳在原野上嗎？據說，西部是個荒涼的地方，那裡的馬靴和靴刺都是用銀製成的。」

「你真是個鄉巴佬！」哈維大笑著說：「我父親才不用快馬呢！他出門做生意的時候，都是搭乘專車。」

「什麼是專車？」

「就是他的私人列車。你應該有見過豪華火車上的車廂吧？」

「斯拉丁・比曼就有一輛私人列車。」阿丹煞有其事地說：「我曾在波士頓的聯合車庫裡見過。聽說，長島市的鐵路幾乎都歸他所有，還有謠言說他買了新罕布夏州的一半土地，並圍了一道牆，圈養許多凶猛的野獸。斯拉丁・比曼是名貨真價實的百萬富翁啊！」

「這麼說來，我父親就是人家口中的千萬富翁了。」哈

維驕傲地說：「他有兩輛私人列車，一輛以我的名字命名，叫做『哈維號』，另一輛叫做『康絲坦絲號』，是用我母親的名字取的。」

「等等，」阿丹打斷他的話，說：「你能發誓你剛才說的都是真的嗎？」

「當然可以。」

「這樣還不夠，你一定得親口說出來才行。你必須說：『要是我撒謊，就會不得好死。』」

「好吧。」哈維苦笑著說：「要是我說出來的任何一個字不是實話，我馬上就會遭到天打雷劈。」

阿丹是個聰明伶俐的孩子，況且孩子們對於發誓都看得很嚴重。因此，當他看見哈維在一連串的盤問後仍然好端端地坐在甲板上，便不再有疑心了。

「我的天啊！」阿丹聽完哈維對於豪華車廂的描述後，不禁打從心底發出了一聲驚嘆。

「你相信我囉？」哈維開心地問。

「沒錯。不過老實說，我真不想和你打交道，因為你把『在這兒號』的船員當成了小偷。我告訴你，我們雖然沒有西裝筆挺，但也不是會做出那種事情的齷齪小人！大家一起出海捕魚六年了，所以都知道彼此的為人，我希望你不要隨便誣賴他們。還有，一直和你待在船上的只有我和我父親，而且我替你烘乾衣服的時候，根本沒有翻動口袋。」

「好吧，我早該想到那些錢或許是在我跌入海裡時弄丟了。」哈維困窘地盯著地板，自言自語地說。

沉默了一會兒後，哈維問：「你父親在哪裡？」

「船艙裡，你找他做什麼？」

「等會兒你就知道了。」哈維說完後站起身，搖搖晃晃地朝船艙走去。

　　狄斯科坐在裡面，拿著一支粗粗的黑鉛筆，一會兒在筆記本上寫來寫去，一會兒又停下來咬著筆頭思考，看起來非常忙碌。

　　哈維扭扭捏捏地走了進去，緩緩地說：「先生，我很抱歉，我不該隨便誣賴您偷了我的錢。」

　　狄斯科聽完後，慢慢站起身，然後伸出大手摸摸哈維的頭，說：「我本來就覺得你是個本性不壞的孩子，而你現在的行為也證明我的想法是對的。在你和我們分道揚鑣之前，還有許多時間能夠了解彼此。小傢伙，過去的事情就算了，我不會記在心裡。好了，快去替阿丹幹活吧！」

　　哈維回到甲板上後，阿丹立刻對他說：「我聽到你和我父親的談話了。每當他說不會記仇的時候，就表示他已經心軟了。我很高興這件事就這樣圓滿結束。噢，再過半小時，出去打魚的人就要回來了。」

　　「回來做什麼？」哈維問。

　　「當然是吃晚餐啦！難道你的肚子還不餓嗎？」

　　「有一點，不過我們什麼時候返航？」哈維一邊說，一邊黯然地望著頭頂上的繩索和滑輪。

　　「你就耐心等待吧！等到我們把船上的鹽用光，就是主帆順著風往家鄉航行的時候了。不過在那之前，我們得先努力幹活。」阿丹向下指著前後桅中間一個黑漆漆的地方，那是一個露天的主艙。

　　「那是做什麼用的？裡面什麼也沒有。」哈維問。

　　「我們得負責用魚把它給填滿。」阿丹興致勃勃地說：「那裡就是存放魚堆的地方。」

　　「活魚？」

　　「不是啦！是抹了鹽的死魚。後面的儲藏室裡有一百多桶鹽，足以用來處理即將填滿主艙的死魚們。」

「可是，魚在哪裡呢？」

「當然在海裡啦！噢，捕魚的人回來了！」阿丹朝波光粼粼的海面望去，五艘平底船正朝「在這兒號」緩緩划來。

夕陽將海面渲染成漂亮的紫色和粉紅色，桀敖不馴的海浪也撒上了一層淡淡的金黃色，簡直叫人心醉神迷。放眼望去，每艘大漁船彷彿正在用一條隱形的線，將隸屬於它的平底船緩緩拉回身邊。那些正在划船的人則像傀儡玩偶似地，忽前忽後的模樣就像是在與那條看不見的線抗衡。

「看來大家的收穫不錯嘛！」阿丹瞇著眼睛說：「曼紐爾的船塞得滿滿的，連一條魚也放不下啦！」

「哪一個是曼紐爾？我不明白，你怎麼能在那麼遠的距離之下認出來。」哈維不解地說。

「他就坐在南邊那艘船上，昨天晚上你就是被他救上來的。」阿丹用手指了指小船，然後說：「曼紐爾划船的姿勢和葡萄牙人一樣，所以非常好辨認；在他東邊的人是賓斯法尼亞，他的划船技術不太高明；再靠東邊一點的那個人是賈隆，他的肩膀厚實，動作相當俐落。

「在北邊的是普拉德，再等一會兒，你就可以聽到他的歌聲了。據他說，他曾參加南北戰爭，並在『俄亥俄號』戰艦上當過水手。那艘船是第一個繞過合恩角的軍艦。除了打魚之外，他整天都在說這些豐功偉業。不過，他捕魚的運氣倒是不錯。」

「喂，你看見普拉德身後的那艘藍色平底船了嗎？那是我父親的弟弟索爾特叔叔，他的運氣很糟糕，經常碰到倒楣事。你看，他划船的動作有多麼輕柔。我拿我所有的工錢來和你打賭，他今天肯定被螫得滿身是包。」

「什麼東西會螫他？」哈維好奇地問。

「大多數是『海草莓』，也可能是『海南瓜』、『海檸

檬』或『海黃瓜』之類的東西。這些都是生活在大海裡的有毒單細胞生物。從他划槳的樣子看來，他手肘以下的地方都被螫傷了。現在我們要把滑車上的吊索放下去，準備把他們拉上來。你剛才說你從出生到現在都沒有工作過，那是真的嗎？」

「對，但是不提那些了，我打算從現在開始學習。」哈維斬釘截鐵地說：「我喜歡新鮮有趣的事。」

「那麼，把滑車上的繩索拉下來。就是你後面那個！」

哈維拉下一條被主桅索懸在半空中的帶鉤滑車，阿丹也拉下另一個被吊索套著的帶鉤滑車。他們才剛準備好，曼紐爾的平底船就抵達了船邊。這位葡萄牙人露出燦爛的笑容，用魚叉把魚扔進船上的大木桶裡。

「把滑車給他。」阿丹說。

哈維趕緊將帶鉤的滑車遞給曼紐爾。只見曼紐爾一手把它掛在平底船船頭的繩圈裡，一手接過阿丹的滑車，勾住船尾的繩環，然後輕而易舉地爬上了大船。

「拉！」阿丹大喊。

哈維原本以為小船應該很重，於是使勁地拉，沒想到曼紐爾的平底船竟一下子就被拉了上來，完全不費吹灰之力。

「別鬆手，小船還沒抵達它的家！」阿丹笑著說。

哈維緊張地抓著繩索，抬頭看向正懸在他頭頂上方的小漁船。

「把頭低下來！」阿丹又大叫一聲。

哈維立刻照做。同時，阿丹用一隻手扶著那艘輕巧的小船，讓它輕輕地落在主桅後面的甲板上。

「小船空空如也的時候很輕，沒什麼重量，就算一個人也能輕輕鬆鬆地把它收好。不過到了海上，就完全不是這麼一回事了。」阿丹告訴哈維。

「啊哈！」曼紐爾伸出一隻手，笑著說：「你現在看起來好多了！昨天我才把你像魚一樣撈上來，今天換成你捉魚啦！」

「我非常感激……」哈維結結巴巴地說著，手不由自主地伸進口袋裡，想拿錢犒賞他。可是，當他想起自己已經身無分文後，立刻感到非常難為情。他臉頰發燙，把原本想說的話吞了回去。

「用不著謝我！」曼紐爾開朗地說：「我怎麼能眼睜睜地看著你在大海上，漫無目的地漂來漂去呢？」

他說完後，伸了個懶腰，活絡僵硬的筋骨。

這時，賈隆的船也靠過來了，一條一條的魚接二連三地飛進大木桶裡。

「曼紐爾，你拿著滑輪把他拉上來，我得去架起工作桌了。哈維，你趕緊打掃完曼紐爾的船，賈隆的船得放在它上面。」

哈維立刻埋頭苦幹，當他抬頭擦汗時，正好看見另一艘平底船正懸在他的頭頂上。

「小夥子，學得很快嘛！」賈隆說。

賈隆的下巴留著灰白的鬍子，嘴巴非常大，講話粗聲粗氣。他扭動著腰部，像曼紐爾剛才那樣伸展筋骨。

接著，又有一艘平底船靠了過來，更多的魚飛進了大木桶裡。

「兩百零三條！讓我來瞧瞧新乘客！」說話的人比賈隆還要高大，臉上有一道青紫色的傷疤，從左眼斜斜地延伸到右嘴角，模樣有點嚇人。

哈維不知道該如何回應他，於是一看到小船放下來，立刻跳進去，一語不發地埋頭苦擦起來。

這時，阿丹搬著一張長桌擠進人群，大聲喊道：「普拉

德，讓開！我要擺放等下破魚要用的桌子！」

過了不久，大船旁邊傳來一個微弱的聲音：「我覺得是四十二條……」

接著，另一個聲音回答：「這麼說，我的運氣變好了！雖然我還是被海草莓螫得不成人形。」

「那是賓斯法尼亞和索爾特叔叔在數魚，他們天天都上演這齣戲碼，簡直比馬戲團的表演還要滑稽。」

「你們兩個，快把船靠過來！」賈隆大吼。

「索爾特，快把魚扔上來！」狄斯科也忍不住說。

就在賓斯法尼亞慢吞吞地叉魚時，曼紐爾輕輕地推了一下阿丹。聰明的男孩立刻明白他的意思，立刻奔向身後的滑車，然後探出上半身，將掛鉤勾在賓斯法尼亞平底船船尾的繩環裡；同時曼紐爾也俐落地將掛鉤勾在船頭，大家用力一拉，終於連船帶魚地把賓斯法尼亞的船拉了上來。

「一、二、三……四十七。」普拉德熟練地數完魚後，對賓斯法尼亞說：「不錯嘛！」

阿丹鬆開船尾的掛鉤，將賓斯法尼亞輕輕地從小船倒了出來。

「等等！我忘記剛才數到哪了……」索爾特叔叔一邊扭動上半身，一邊朝船上的人大叫。

不過，大家沒有等他說完，就如法炮製地將他拉上了大船。

「四十一條。」普拉德說：「你的成績最差。」

「不公平！難道你沒看見我被螫得有多麼慘嗎？」索爾特叔叔一邊說，一邊跌跌撞撞地從魚堆裡走出來，兩隻手臂腫脹發紅。

「吃飯囉！」前艙裡傳來一個哈維沒聽過的聲音。

狄斯科、普拉德、賈隆和索爾特叔叔一聽見，立刻向前

走去；賓斯法尼亞彎著腰，正在努力收拾纏成一團的魚線；曼紐爾伸直手腳，悠閒地躺在甲板上；阿丹跳進艙底，哈維聽見他用槌子敲木桶的聲音。

阿丹爬上甲板後，告訴哈維：「我剛才在弄鹽，因為待會兒吃飽飯後，馬上就要把魚醃漬起來。你負責把魚扔給我父親，普拉德和他會把魚撒上鹽。他們倆在工作時經常意見不合，待會兒你就能聽到他們爭論不休的聲音了。對了，船上的規矩是年紀大的長輩吃完之後，才輪到年輕力壯的小夥子用餐，所以你、我、曼紐爾和賓斯法尼亞得先在這裡等一等。」

等年紀大的那批人吃飽飯回到甲板上時，月亮已高掛在天空。阿丹和曼紐爾沒等廚師大喊，就已經跑進了船艙。他們來到飯桌前時，普拉德才剛吃飽，並用手背滿足地擦了擦嘴。

哈維跟著賓斯法尼亞坐下，他眼前擺著一個大盆子，裡面是由鱈魚舌、鱈魚鰾、碎豬肉和炸番茄混合而成的料理。盆子旁邊有一條烤過的麵包，以及幾杯味道濃郁的黑咖啡。大家耐著性子等待虔誠的賓斯法尼亞禱告完後，才開始一語不發地狼吞虎嚥起來。

廚師是個身材魁梧、皮膚黝黑的黑人。在大家用餐的期間，他只是面露親切的微笑，並用手勢示意他們幾人再多吃一點。

「他不會說話嗎？」哈維壓低聲音問。

「他不是啞巴，只是很少開口說話罷了，我們也不清楚是怎麼一回事。他來自加拿大的布雷頓角島，那裡現在還是英國的屬地，所以居民們都說蘇格蘭語。不過，他們的語言聽起來有些古怪。」

「那不是蘇格蘭語。」賓斯法尼亞說：「他們說的是蘇

格蘭高地的蓋爾語，這是我從一本書上看到的。」

「賓斯法尼亞飽覽群書，他說的話大多數都是對的。當然，除了數魚的時候，對吧？」阿丹笑著說。

「你父親從來不檢查數量，任由大家自行報數嗎？」哈維問。

「為什麼要檢查？一個人為了幾條鱈魚說謊，那有什麼意思？」

「可是，就有人做過這種事。」曼紐爾說：「後來他就撒謊成性了。起初謊報五條，接著就多說了十條，根本沒完沒了。」

「那個人在哪裡？」阿丹說：「我們的人絕對不會這麼做。」

「『安圭爾角號』上的法國人。」

「噢，那些住在西岸的法國人根本就不會算術！哈維，哪天你要是碰到他們的軟魚鉤，你就明白了。」阿丹鄙夷地說道。

「喂，你們還沒吃飽嗎？」賈隆對著船艙內大吼。

第二批用餐的人一聽，立刻連滾帶爬地回到甲板。

在月光的照耀下，主桅杆、繩索和那從不捲起的三角帆的影子，搖曳地投射在顛簸的甲板上。船尾的魚堆積如山，彷彿銀子般閃閃發光。儲藏室內響起狄斯科和普拉德來回走動的腳步聲，和搬動鹽桶的轟隆聲響。阿丹遞給哈維一把魚叉，並領他到桌子的另一端。在那裡，索爾特叔叔正不耐煩地用刀柄敲打桌面，他的腳邊放著一盆海水。

「哈維，你負責把魚扔給我父親和普拉德，他們就在下面的儲藏室裡。你要小心，別被索爾特叔叔的刀劃傷了。」阿丹說完後走進儲藏室，準備替狄斯科和普拉德遞鹽巴。

賓斯法尼亞和曼紐爾站在堆滿魚的大木桶裡，揮舞著刀

子；買隆站在桌旁，面對著索爾特叔叔，腳邊有個竹簍，他正忙著戴手套；哈維茫然地看著手裡的魚叉和地上的水盆，對接下來的事毫無頭緒。

「嘿！」曼紐爾高喊一聲，彎下腰，一個手指頭勾住魚鰓，另一個手指頭掐著魚眼，把一條魚提了起來。他把魚放在木桶的邊緣，用亮晃晃的刀子從魚頭剖到魚尾，並在兩旁的魚鰓各補上一刀，然後順手丟到買隆的腳邊。

「嘿！」買隆大吼一聲，用戴著手套的雙手往魚肚裡一挖，把鱈魚的肝臟扔進竹簍裡。他又用力一挖，魚頭和內臟就飛到了一邊，掏空的鱈魚就這樣被丟到了索爾特叔叔的面前。

索爾特叔叔打了個噴嚏後，立刻用刀子割開另一邊的魚身，把魚脊骨扔出船舷，然後把一條既沒有頭，也沒有內臟的鱈魚丟進水盆裡。哈維站在一旁張大嘴巴，看得出神，正好喝了一大口濺起來的海水。

在第一聲喊叫過後，大家都安靜了下來，只見一條條的鱈魚接二連三地從每個人的眼前飛過。哈維從來沒見過這種情景，不禁呆愣在原地。轉眼間，他腳邊的水盆已經裝滿了一堆魚。

「快叉魚！」索爾特叔叔頭也不回地大叫。

哈維連忙握緊叉子，將兩、三條魚叉起來，一股腦地往儲藏室扔。

「喂，別亂丟！」阿丹大聲說：「索爾特叔叔雖然捕魚的技術不好，但破魚可是一流的，你得和他學學！」

阿丹說得沒錯，身材圓滾滾的索爾特叔叔動作俐落，破魚對他來說彷彿翻書一樣容易。曼紐爾彎著腰，上半身彷彿雕像似地一動也不動，不過那兩隻抓魚的手一刻也沒停過。賓斯法尼亞雖然也全身心地投入工作，但顯然他有些力不從

心。有時候，曼紐爾會抽空來幫他一把，才不會使大家的工作中斷。

有一次，曼紐爾的手指不小心被法式魚鉤纏住，不禁大叫了一聲。這種魚鉤是用軟金屬製成的，使用後可以再重複利用。雖然漁夫用這種魚鉤能夠輕鬆地將捕捉到的魚取下，但也很容易令到手的獵物溜走，這也是大多數的漁夫都瞧不起法國人的原因。

下面的儲藏室裡，傳來一陣粗鹽擦在魚身上的沙沙聲。在這種聲音裡，又交織著剖魚的茲茲聲、魚頭落地聲和魚肝臟掉進竹簍裡的撲通聲。索爾特叔叔去魚骨的喀啦聲和魚身扔到盆子裡的水聲，與前面的聲音融合在一起，形成一種奇特的交響樂。

連續工作了一個小時後，哈維累得腰酸背痛，因為新鮮濕滑的鱈魚重得超乎想像。他真想一屁股坐在地上，好好休息一會兒，然而他想到這是他生平第一次參與勞動，而且還是和經驗豐富的長輩們一起工作，內心不由得感到自豪，於是勉強繼續咬牙撐下去。

「停！」索爾特叔叔大喊一聲，大家立刻放下了手邊的工作。

賓斯法尼亞彎下腰，在魚堆裡喘著氣；曼紐爾扭動著骨盆，活絡筋骨；賈隆將身體靠在船舷上，轉動著手腕。就在這時，廚師悄悄地走過來，收集了一大堆魚骨頭後，又默默地離開了。

「拿水來！」狄斯科說。

「哈維，水桶在前面的甲板上，水勺在桶子旁邊，快去拿過來！」阿丹大聲指揮。

不到一分鐘，哈維便舀了一大勺的水走過來。雖然水的顏色暗沉，看起來不怎麼乾淨，但是味道卻出奇地甜。

「嘿！」隨著曼紐爾的吼聲，大家又開始繼續工作了。這一次，大夥兒一鼓作氣地將木桶裡的魚全部清空之後才休息。

　　處理完最後一條鱈魚的那一刻，狄斯科就和索爾特叔叔一起走進了船艙；同時，曼紐爾和賈隆走向前面的甲板；普拉德關上儲藏室的門之後，立刻跑得不見蹤影。不到半分鐘的時間，哈維就聽到船艙內傳來響亮的打呼聲。他茫然地看著阿丹和賓斯法尼亞，不知道接下來該做什麼才好。

　　「阿丹，我這次的表現似乎比上次好，不過我覺得自己應該和你們一起打掃環境。」賓斯法尼亞說，他睏得連眼皮都睜不開了。

　　「唉呀，你還是去睡覺吧！」阿丹苦笑著說：「哈維，你去提一桶水過來。噢，賓斯法尼亞，你能在睡覺前幫我把這些殘渣丟到桶子裡嗎？」

　　賓斯法尼亞抬起沉甸甸的竹簍，把魚的內臟統統倒進一個桶子裡。他完成阿丹吩咐的任務後，就搖搖晃晃地走進船艙內了。

　　「按照『在這兒號』的規矩，魚破好後由男孩們負責打掃。如果遇到風平浪靜的日子，也是由男孩們執行第一輪守夜的工作。」阿丹用力地沖洗原本堆滿鱈魚的大木桶，並把桌子搬到月光下晾乾，再用一塊麻絮將刀子上的血跡擦拭乾淨，然後把刀放在磨刀石上磨利。

　　哈維則在阿丹的指點下，將桶子裡的魚內臟倒進海裡。忽然間，一個白色的怪物探出水面，發出一陣淒厲的叫聲。哈維嚇得倒退好幾步，渾身發抖，一旁的阿丹見狀，忍不住笑了出來。

　　「那是虎鯨，牠是來要魚頭的。」阿丹解釋：「牠們餓昏頭的時候，就會像剛才那樣衝出水面。」

　　這個巨大的生物潛入水裡之後，一股刺鼻的魚腥味瞬間瀰漫在空氣中，海面上還冒著油膩的泡沫。

　　「你從來沒見過虎鯨嗎？直回家前，你還會看到好幾次呢！噢，船上多了一個男孩和我作伴，真是太好了！喂，你想睡了嗎？」

　　「睏得要命。」哈維睡眼惺忪地說。

　　「值班的時候絕對不能睡覺！打起精神，我們去看看油燈夠不夠亮。哈維，現在還是上班時間。」

　　「唉唷，現在能有什麼危險啊！」

　　「我父親說過意外常常說發生就發生，難以預料。尤其人們容易在風平浪靜的時候掉以輕心，說不定我們的船就在你打瞌睡時，被蒸氣郵輪撞成兩截了呢！而且事故發生後，郵輪上的高傲船員還會要賴說是因為你的燈不夠亮，導致他們看不清楚。哈維，如果你再打瞌睡，我就要生氣囉！」

　　哈維哀求阿丹讓他先睡一會兒，可是原本待他和氣的男孩卻怎麼也不答應。最後，哈維哭了起來，阿丹仍舊苦口婆心地告訴他守夜的好處。過了一陣子，十點的鐘聲響了。第十下的鐘聲還沒敲完，賓斯法尼亞就來到了甲板上。他發現兩個孩子相互依偎著躺在主艙門旁，睡得不醒人事，於是連抱帶拖地將他們弄進船艙，放到各自的床鋪上。

教我們以小事為樂。

Teach us delight in simple things.

魯德亞德・吉卜林

Rudyard Kipling

第三章　重要的一課

　　哈維一覺到天亮，半夜完全沒有醒來。起床後，他的心裡有一種難以言喻的舒暢，彷彿眼睛變得明亮，思慮特別清晰，胃口也比平時好了。他吃完一大盤美味的鮮汁魚塊，那是廚師用昨晚的剩餘碎魚肉做成的。

　　大人們都已經吃飽飯，出海捕魚去了。男孩們將飯桌上的餐具洗乾淨、把午餐要吃的豬肉切好、將油燈裡面的油加滿、替廚師搬煤挑水，還檢查了船艙裡的存貨。今天依舊是個晴空萬里的好日子，哈維站在甲板上，深深地吸了一口清爽的空氣。

　　昨天晚上來了許多漁船，一望無際的碧藍海面上布滿了幾十艘的帆船和平底船。遠處的天邊，一股黑煙從一艘大輪船的煙囪裡冒出來，燻黑了潔淨的藍天。在東邊，一艘大帆船的帆影倒映在水面，彷彿一幅美麗畫作上的骯髒汙漬。狄斯科正站在甲板上抽著菸，默默地注視四周的船隻。

　　「每當我父親那樣陷入沉思的時候，就表示他正在替大家想主意。」阿丹小聲地對哈維說：「我拿我所有的工錢打賭，我們馬上就要啟航了。我父親最了解鱈魚，所以大家都會跟著他走，想分一點好運氣。你看，他們一直湊過來，繞著我們打轉。」

　　「那艘是來自查坦的『勒布王子號』，昨天晚上它就偷偷地跟過來了。你看見那艘前帆有個補丁、船頭有個嶄新三角帆的船了嗎？它是『畢嘉莉號』，來自西查坦。它成天在海上漂來漂去，從沒停下來過，當然成不了大事。」阿丹喋喋不休地說：「你只要看到我父親從嘴裡吐出小煙圈，就可以斷定他是在研究海裡的魚。要是我們在這時候和他談話，他一定會大發雷霆。」

狄斯科嘴裡叼著菸斗，雙眼凝視著前方。正如他兒子所說，他正在思考和魚有關的事情。他明白那些船都是因為知道自己的航海經驗豐富，所以才會緊緊地跟在旁邊。雖然狄斯科非常感謝他們如此信任自己，但他還是比較喜歡單獨行動，遠離喧囂的漁船們。

　　於是，狄斯科分析著最近的天氣、風向、洋流和食物，來判斷接下來該往哪裡前進。過了一小時之後，他終於取下嘴裡的菸斗。

　　「爸爸，我們完成所有的工作了，讓我們划船出海，好嗎？今天可是捉魚的好日子啊！」阿丹央求。

　　「那就先去換一件像樣的衣服！」狄斯科皺著眉頭，指著哈維說：「我從沒見過哪個人穿著西裝和皮鞋去捕魚。」

　　「好，謝謝爸爸！」阿丹高興地說完後，把哈維拉進船艙內換衣服。

　　阿丹迅速從衣櫃裡拿出一套服裝遞給哈維，說：「喏，這是我的備用工作服，先借給你穿吧！」

　　不到三分鐘，哈維就穿上了一雙長及膝蓋的橡膠靴，以及一件手肘上有補釘的藍色針織衫。

　　「總算有點樣子了，我們快走吧！」阿丹催促道。

　　「待在這附近就好，別跑太遠了！」狄斯科叮囑：「要是有人問我在打什麼主意，就照實說你們不知道。」

　　阿丹點頭答應之後，立刻抓著哈維跑向一艘紅色的平底船。他鬆開繫船的繩索，然後輕巧地跳到船上。哈維跟在他身後，連滾帶爬地跌進船裡。

　　「不可以那樣上船！要是我們在海上，早就翻船啦！」阿丹沒好氣地說。

　　船下海後，阿丹坐在船身前段，看著哈維搖槳。哈維曾在阿第倫達克夏令營的池塘裡划過船，當時那裡的水池風平

浪靜，船緣也都有固定槳用的套環，划船的人只要輕輕地一擺，就能夠把小船推得很遠。不過，在海上划船又是另外一回事了。那些漁船的兩旁只有槳叉，兩支槳粗得像樹幹，而且足足有八英尺長，要把它們從波浪裡抽出來，一定得使出渾身解數才能辦到。

過了不久，哈維便累得叫苦連天。

「盪短一點，別把槳盪那麼遠！」阿丹說：「要是你的槳被海水拖住就完蛋了！你看，這艘船是不是很漂亮？」

阿丹的平底船乾乾淨淨，一點汙漬也沒有。船頭有一個錨、兩瓶水和一條大約七十噚長的錨繩，索套上還掛著一個小號角。號角旁擺了一把大木槌和一根短木棒。此外，船舷的旁邊還有一些釣魚繩，線上綁著魚鉤和鉛錘，整齊地捲在捲線架上。

「船帆和主桅在哪裡？」哈維盯著磨破的掌心問。他想升起帆布，這樣他就不用划槳了。

阿丹格格笑著說：「小漁船不用帆，要用划的。其實，你也不需要使勁划，反正我們又不趕時間。你想不想也擁有一艘像這樣的小船？」

「如果我向我父親開口，應該就能得到一、兩艘。」哈維回答。直到這時，他才想起了自己的父母。

「噢，我忘了你父親是個千萬富翁啦！可是，買下一艘平底船和船具需要花不少錢呢！你認為他真的會捨得買給你嗎？」

「你放心，他從來沒有拒絕過我的請求。」

「噢，有錢人家的少爺果然就是不一樣！哈維，槳還要再盪短一些，否則你待會……」

啪地一聲，槳柄打到了哈維的下巴，痛得他哇哇大叫。

「我剛才要你提防的就是這件事情，因為我之前也挨過

這麼一下。我第一次學划船的時候只有八歲呢！」

哈維皺著眉頭，重新坐直身子。

「我父親說，遇到困難時，光生氣對事情毫無幫助，所以你也別再苦著一張臉啦！我來問問曼紐爾，把錨繩放到多深的地方能夠捕到魚。」

阿丹說完後，把槳豎了起來。距離他們一英里之外的曼紐爾見狀，立刻向兩人搖了三次手臂。

「三十噚。」阿丹說著，將一塊醃漬過的蛤蜊肉插在魚鉤上：「哈維，你得照著我的方法穿餌，別把捲線架的繩子弄亂了。」

阿丹的魚線放出去很長一截後，哈維才終於找到了穿餌的訣竅。平底船沒有下錨，就這樣自由自在地漂蕩著。

「有了！」阿丹突然大叫一聲，一條大鱈魚在接近水面的地方不斷掙扎，飛濺起來的水花噴到了哈維的肩膀上。

「哈維，快給我木槌！就在你的右手旁邊，快點！」

哈維連忙照做，阿丹接過後，馬上熟練地將魚擊昏，然後拉上小船。接著，他毫不費力地用槌柄把魚鉤取下，準備進行第二次獵捕。就在這時，哈維感到手裡的魚線被扯了一下，於是興奮地往上拉。

「唉呀，這是什麼？」他大喊。

纏在魚鉤上的是一把海草莓，半紅半白，和陸地上的草莓有點類似，只不過它們沒有葉子，而且還黏糊糊的。

「別用手去碰！快扔掉……」

阿丹的話還沒有說完，哈維就已經從魚鉤上將海草莓取下，好奇地握在手心上把玩。不久，他大叫一聲，手指頭彷彿被許多根針同時刺了一下。

「現在你見識到海草莓的厲害了吧！我父親說，除了魚之外，最好不要用手去碰任何生物。哈維，趕緊把它扔回海

裡，然後把魚餌重新穿好。別想偷懶，這些也算是工作的一部分呢！」

哈維一想到那每個月十美元的工錢，不由得露出一抹苦笑。他回想起以前在家裡的時候，只要他跑到湖裡玩耍，母親肯定在一旁焦急不安。要是她看見自己正漂蕩在茫茫大海上，不知道會有什麼反應。這時，魚線突然飛快地從他手中滑出去，讓他的掌心隱隱作痛。

「一定是個大傢伙！由著牠拉，別和牠耗力氣。」阿丹大叫：「我來助你一臂之力！」

「不用！這是我的第一條魚，我要親自把牠拉上來！」哈維堅決地說。

「牠應該是條大比目魚，我拿我所有的工錢打賭，這個傢伙的體重肯定超過一百磅！」阿丹仔細觀察著水面下的動靜，手裡揮舞著大木槌，準備隨時給牠一記當頭棒喝。

雖然哈維的手心被魚線掐得滲出鮮血，但是他一點也不在意，只感到心臟因為興奮而撲通撲通地跳個不停。他滿頭大汗地盯著顫動的魚線，烈日下的陣陣漣漪令他頭昏眼花。兩個孩子和大比目魚奮鬥了二十分鐘之後，才終於吃力地把牠拖上船。

「這就叫新手的運氣！」阿丹擦了擦額頭上的汗說。

哈維看著這條巨大的比目魚，心裡有股說不出的得意。他曾在市場上見過許多和牠長得一樣的傢伙，卻從未想過牠們是如何被捉上岸的。現在他知道了，代價就是全身痠痛。

「如果我父親在這裡，他肯定可以從這條魚看出海洋的訊息。」阿丹說：「這幾年，海裡的魚愈來愈少了。你有注意到嗎？昨天捕到的全都是鱈魚，連一隻比目魚也沒看見。我父親說，海洋裡到處都有暗號和徵兆，如果仔細體會，就能明白它們要傳遞的訊息。不過，這只有經驗豐富的人才辦

得到，而我父親就有這項本領。」

阿丹說得正起勁，忽然間，「在這兒號」的方向傳來一聲槍響，前帆的繩索上掛起了一個菜籃。

「那是要大家集合的意思。我父親一定在打什麼主意，否則不會在這個時候命令大家停止工作。哈維，把魚線收回來，我們趕緊回去。」

他們掉轉船頭，朝「在這兒號」划去。半路上，他們聽見賓斯法尼亞的哀號聲。只見他的船在距離兩人半英里遠的地方直打轉，彷彿一隻失去方向的小蟲。他在平底船裡扭來扭去，試圖控制船身，可是小船就像一隻脫韁的野馬，怎麼樣也不肯乖乖就範。

「我們得去幫幫他，否則他將會永遠待在那裡。」阿丹說。

「到底是怎麼一回事？」哈維不解地問。

「錨被纏住了。賓斯法尼亞經常把錨弄丟，光是這一次出海，他就已經弄丟兩個了。我父親說，要是他再弄不見，就給他一塊大石頭當作錨，這對漁夫來說簡直就是恥辱。到時候，大家只要看見他的船上有顆石頭，肯定會不停嘲笑地他。」阿丹無奈地解釋。

「喂，賓斯法尼亞，你的錨又卡住了嗎？放輕鬆點，把錨索拉直放下，別亂扯！」阿丹大吼。

「我試過了，可是它就是毫無動靜。」賓斯法尼亞喘著氣說。

阿丹靠著船舷俯下身去，只見他猛地扯了幾下後，立刻就把錨拉上來了。

「快點把它收好，否則又會卡住了。」阿丹笑著說。

他們划開船，留下一頭霧水的賓斯法尼亞呆愣在原地。

阿丹等他們的船划到了賓斯法尼亞看不見的地方後，突

然說：「唉，其實他不是真的笨，只是遇到問題時沉不住氣罷了。」

「這是你父親說的，還是你自己的觀察？」哈維一邊划槳，一邊問，他已經逐漸掌握到搖槳的訣竅了。

「我父親說他是個沒有害處的傻子。其實，他原本的名字叫做雅各，是一名傳教士。他和他的妻兒住在賓夕法尼亞州。有一年，他帶著家人去參加一個集會，並投宿在詹斯鎮的一家旅社裡。你聽過這個地方嗎？」

哈維想了一想，然後說：「好像有。可是不知道為什麼我一聽到詹斯鎮，就會想到俄亥俄州的阿士塔布拉市。」

「那是因為這兩個城鎮都曾經發生過重大的意外事件。唉，賓斯法尼亞和家人投宿旅店的那晚，詹斯鎮附近的水壩坍塌了。洪水淹沒了整座城市，房屋漂蕩在水面上，互相撞擊後又沉入了水底。我看過當時的照片，那景象真是觸目驚心。賓斯法尼亞還沒弄清楚發生了什麼事，就眼睜睜地看著妻兒被大水沖走了。從那之後，他就失去了所有的記憶，成天在街上晃來晃去。就這樣，他遇到了索爾特叔叔。叔叔知道他的處境後，就把他帶回自己的家鄉，讓他在自己的農場裡工作。」

「索爾特叔叔原本是務農的嗎？」

「沒錯。」阿丹不屑地說：「他是個只會動腦筋，不會實際操作的農夫！哈維，我曾見過他提著一個水桶，漫無目的地在農莊裡晃來晃去。你想想，他和呆頭呆腦的賓斯法尼亞有辦法獨自經營農莊嗎？後來到了春天，索爾特叔叔就把地賣給了一位從波士頓來的富家少爺，聽說那個人想蓋一座別墅。」

「他們倆就這樣平順地過日子，直到有一天，賓斯法尼亞服務過的教堂發現了他的行蹤，於是就寫了封信給索爾特

叔叔。叔叔不願意將賓斯法尼亞交給任何會勾起他傷心往事的人，因此立刻帶他來投靠我父親。唉，我父親說總有一天賓斯法尼亞會想起自己的妻兒，並感到痛不欲生。哈維，你千萬別在他面前提到有關詹斯鎮或和淹水有關的事情，否則索爾特叔叔會把你扔出船外。」

「可憐的賓斯法尼亞……」哈維喃喃說道。

「我們大家都很喜歡賓斯法尼亞，因此更想好好地保護他。這也是我為什麼和你說這件事的原因。」

這時候，他們離「在這兒號」很近了，其餘的平底船都跟在他們身後不遠的地方。

「動作快點，我們馬上就要破魚了！」狄斯科大喊。

阿丹連忙將破魚的工具擺好，然後對哈維使了個眼色，說：「你看，又有一些船靠過來了，似乎都在等著看我父親的動靜。」

「真的嗎？」哈維瞪大眼睛，朝阿丹的視線望過去。其實，他根本分不出哪些船是後來才接近他們的。

「你看那艘船頭斜帆髒得像塊抹布的，叫做『布拉格希望號』，它的船長是所有漁夫裡最狡猾的；離我們遠一點的是『太陽眼號』，船主是兩個來自哲勞德的男人，他們航行的速度很快，運氣也不錯；另外三艘船分別是『瑪姬號』、『蘿絲號』和『伊蒂絲號』，和我們是同鄉。我猜，明天我們還會看見『艾比號』。爸爸，您說對不對？」

「阿丹，你明天一艘船也看不見。」狄斯科露出一抹意味深長的笑容，對剛爬上來的船員們說：「這裡太擠了，我們到別的地方去！」

他望向大木桶內，除了哈維捉到的那條大比目魚之外，其餘都是一些小魚。看來，今天的漁獲總共不到十五磅。

「我在等天氣變。」狄斯科補充說。

「這你得自己判斷了，因為我完全無法預測。」賈隆瞄了一眼天空說。

半小時後，當大家在破魚時，一團濃霧朝漁船們襲來。大夥兒見狀，立刻默默放下手邊的工作。賈隆和索爾特叔叔把絞錨盤的轉柄插進去，開始起錨，曼紐爾和普拉德也上前幫忙。接著，狄斯科穩住船舵，大聲命令：「把船頭的三角帆升上去，放下前帆！」

就這樣，「在這兒號」仰起船頭，迎風駛進了白茫茫的濃霧中。

「你從來沒看過起錨嗎？」普拉德見哈維目瞪口呆地望著濕漉漉的船帆，於是開口詢問。

「對。我們現在要去哪裡？」

「我們要找個地方停下來捕魚。我知道你是新手，所以對船上的任何事情都很陌生，但不用一個禮拜，你一定就能學到……」

「唉呀，我都忘了船上還有一位什麼都不懂的富家少爺呢！」賈隆正閒得發慌，於是高興地說：「普拉德，就讓我們來好好教教他吧！」

「哈維，你得把皮繃緊一點了！」阿丹笑著說。

接下來的一個小時，賈隆領著哈維在船上走了一圈，嘴巴不停地介紹各種船具。當他想讓哈維注意斜桁升降索的時候，就會捉著孩子的後頸，要他目不轉睛地看上半分鐘；要是他想要哈維知道帆桁前後的差別，就會按住哈維的頭，使哈維的鼻子沿著帆桁，從這頭擦到那頭。哈維忍不住偷懶的時候，賈隆便會用繩索鞭策他。

「好了，哈維，現在你告訴我該怎麼收捲前帆？別急，想清楚了再回答。」賈隆將雙手交叉在胸前問。

「把那個收進來。」哈維指著下風處說。

「哪個？你要把整個北大西洋拉過來嗎？」

「不是，是收下那個桁梁，然後把後面那根繩子繞過那一邊……」哈維支支吾吾地回答，絞盡腦汁地回想剛才學過的專有名詞。

「那根繩子叫做收帆索。你得明白，船上的每根繩索都有它的用處，否則早就被扔進海裡了。等你將來能夠自己駕駛帆船時，別忘了告訴大家是我教會你的喔！現在，我說到哪一條繩子的名字，你就把手放到那根繩子上。」

賈隆開始念，但是哈維早已疲憊不堪，雙腳移動的速度不知不覺慢了下來。就在這時，賈隆握在手裡的繩子朝他甩了過來，重重地打在他的背上。哈維痛得跳了起來，他看看周圍的人，盼望有人能替他求情。可是，所有人的臉上都毫無笑容，就連一向嘻皮笑臉的阿丹也緊繃著臉，不發一語。顯然，這是非常重要的一課，如果他想在這艘船上和大家平起平坐，就得咬緊牙關撐下去。

其實，哈維本就是個聰明的孩子，只不過被家裡的長輩們寵壞罷了。他看到大家的神情後，立刻明白家裡的財富並不能帶給他方便。在這茫茫大海裡，想要獲得同等的待遇就得憑自己的本事。於是他打起精神，敏捷地從這一根繩子跳到另一根繩子，簡直就像一隻靈活的鰻魚。

「做得好！」曼紐爾說：「吃飽飯後，我讓你瞧瞧我做的雙桅船模型，教你一點駕駛漁船的要領。」

「好了，現在換我教你賈隆不會的本領。」普拉德說完後，從船尾的置物櫃裡拿出一個用鉛製成的深海重測錘。

狄斯科見狀，立刻轉動舵輪，將船停了下來。同時，曼紐爾忙著降下船頭的三角帆。只見普拉德把重測錘高高地舉起，然後在頭頂上甩呀甩，重測錘轉動的速度愈來愈快，最後撲通一聲掉進了船頭前方的海裡。

「老手聽聲音就知道海水有多深。」阿丹說：「一個人在海上待了一星期之後，就得靠深海重測錘探路了。爸爸，您看這裡的海水有多深？」

「六十噚，我想應該不會錯。」狄斯科微笑著說。他喜歡人家尊敬他，重視他航海的經驗。

「六十！」普拉德大喊，收回濕漉漉的重測錘。

「在這兒號」再次起航，行進了一小段距離後，狄斯科命令：「現在，投下重測錘！」

「爸爸，這裡有多深？」阿丹又問了一次，同時得意地望向哈維。

「五十噚。」狄斯科篤定地說。

「五十！再前進一碼，我們就到綠海岸了！」大家聽見普拉德的聲音從船頭飄過來，卻因為霧太大，沒看見人影。

「哈維，快拿釣鉤！」阿丹一邊說，一邊拿起繞在捲線架上的魚線。

「在這兒號」此刻漫無目的地在海上閒逛，船頭的帆被狂風吹得啪啪作響。大人們站在一旁，悠閒地看著兩個孩子忙著釣魚。

阿丹的魚線在斑駁的船舷上扭動得很厲害，哈維連忙趕來協助，終於合力拉起一條大約二十磅重的鱈魚。大夥兒仔細一瞧，發現這隻魚居然把魚餌和魚鉤統統吞進肚子裡了。

「天啊，看來這些大魚已經餓昏頭啦！」賈隆說：「狄斯科，你的眼睛就像長在船底下似的，讓我甘拜下風啊！」

他說完後，立刻放下船錨。大家拿起魚線，站在船舷旁開始釣魚。不久，大木桶裡的魚就快要滿出來了。

「阿丹，為什麼大家非得用平底船出海捕魚呢？這樣在大船上釣魚不是很方便嗎？」哈維不解地問。

「待會兒你就知道了，一直這樣彎腰釣魚很耗體力啊！

我看，我們今天晚上還是得駕小船出去一趟。」阿丹回答。

　　阿丹說得沒錯，在大船上釣魚雖然方便，卻相當吃力，因為收魚線時，魚是被水拖著的，大船距離水面遠，因此得花很大的力氣才能將魚拉上來。

　　「賓斯法尼亞和索爾特叔叔去哪裡了？」哈維問。他拍掉衣服上的黏液，小心翼翼地模仿別人的樣子把魚線收好。

　　「走，我們去看看他們在做什麼吧！」阿丹笑著說。

　　昏黃的燈光下，有兩個人分別坐在桌子的兩端，聚精會神地下著棋，絲毫不在意外面的天氣和捉魚的事。

　　「你們在外面做什麼？」索爾特叔叔漫不經心地問。

　　「釣魚啊！大木桶裡的魚都滿出來了呢！」哈維回答。

　　「哈維，今晚我們不用打掃環境啦！我父親為人公正，既然他們兩個現在偷懶，待會兒就得補償回來。」

　　這時，狄斯科正好走了過來，於是說：「沒錯，不過在他們破魚的時候，你們兩個小傢伙就得去抓更多的魚。」

　　阿丹在蒼茫的暮色中，搖搖擺擺地走向裝滿流釣繩的木桶旁，對哈維說：「喂，你要不要和我一起放魚線？」

　　木桶裡裝滿了捲得整整齊齊的魚線，繩線上每隔幾英尺就拴著一個釣魚鉤。從船上放魚線是一件需要技巧的工作，不僅得一邊放，一邊檢查魚鉤拴得是否牢固，還得順便將魚餌穿上去。

　　這時天色已經暗了，四周一片漆黑，可是阿丹絲毫不受影響，手腳俐落地做著工作。相形之下，哈維顯得十分笨手笨腳，一下子手指被魚鉤勾住，一下子魚線纏在手臂上。

　　「別急，哈維，我還沒學會走路就已經學會穿餌了呢！只要多做幾次，很快就能夠上手了。」接著，阿丹大聲問父親：「爸爸，我們的魚線要放多深？」

　　正在和普拉德一起醃魚的狄斯科頭也不抬、毫不猶豫地

回答：「三噚！」

「每一個桶子裡都有三百噚長的魚線，」阿丹向哈維解釋：「足夠我們今晚用了。」

「阿丹，我的手指頭都被割破啦！」哈維哭喪著臉說。

「唉呀，小心點！其實，我父親平常是不允許大家在大船上流釣的，但最近他正在做某種實驗，所以才吩咐我們這麼做。不過，根據以往的幾次經驗，等會兒收線的時候，如果不是大豐收，就是連一條魚的影子也見不到。」

賓斯法尼亞和索爾特叔叔按照狄斯科的命令，把魚剖開洗乾淨，並用鹽巴醃漬完畢。可是，兩個孩子的收穫卻少得可憐。狄斯科只好叫他們收回流釣繩，整齊地放回木桶裡。就在這個時候，普拉德和賈隆正好檢查完小船，提著油燈回到甲板上。

到了晚餐時間，哈維只顧埋頭去吃碎魚肉和煎餅，一句話也沒說。吃飽後，曼紐爾從置物櫃裡拿出一艘兩英尺長的帆船模型，打算將船上的各個纜索告訴哈維。沒想到轉身回來，哈維就已經倒在桌上呼呼大睡了。

賓斯法尼亞費盡力氣將哈維拖上床的時候，他連手指頭都沒動一下。阿丹用完餐後，也昏昏沉沉地躺上床鋪，進入甜甜的夢鄉。看來，剛才拚了命地釣魚把他們倆累壞了。

船艙外面大霧瀰漫，風愈刮愈凶猛，飛濺起來的浪花打在煤油爐上，發出嘶嘶的聲音。當這兩個孩子熟睡的時候，狄斯科、賈隆、普拉德、索爾特叔叔和賓斯法尼亞就輪流守夜。每一個值班的人都得去查看舵輪是否固定，錨鍊是否安然無恙，有時候還得為油燈添加煤油。他們靠著做這些事情來打發漫漫長夜，減少對故鄉的思念。

要會打動孩子的心，
才能打動世界的心。

He who can reach a child's heart can reach the world's heart.

魯德亞德·吉卜林
Rudyard Kipling

第四章　　晦氣星

　　哈維在一陣嘈雜聲中醒來，他的耳朵充斥著海水擠壓船身所發出的吱呀聲，和海浪凶猛拍打甲板的砰砰聲。由於風浪太大，船上的各種器具紛紛翩翩起舞，你推我擠地發出各式各樣的聲響。被噪音吵得睡不著的哈維只好爬起來，準備享用美味的早餐。

　　「狄斯科，雖然我們擺脫了其他船隊的糾纏，但魚也躲得遠遠的。」哈維聽見賈隆說：「不過，我也很開心能夠好好地休息幾天。」

　　他說完後，立刻一溜煙地回到床上抽菸。普拉德也坐上床鋪，和賈隆一起吞雲吐霧。負責值班的索爾特叔叔爬上甲板，做好份內的工作。這時，廚師替第二批用餐的人擺好了飯菜。

　　飯後，除了值班的索爾特叔叔、賓斯法尼亞和狄斯科之外，所有人都窩在床上談天。阿丹抱著一個漂亮的手風琴，有一下沒一下地彈著，他演奏的音調隨著「在這兒號」的船身起伏，時而高亢，時而低沉。

　　過了一會兒，普拉德彎下腰，從置物櫃裡拿出一把老舊的白色小提琴。曼紐爾看到後，也興致勃勃地翻出一把烏克麗麗，準備大展身手。

　　「太棒了，我們來開一場音樂會吧！」賈隆滿面笑容地提議道。

　　就在這時，艙門打開了，狄斯科狼狽地走了進來。

　　「外面的情況如何？」

　　「還是一樣昏天暗地。」狄斯科重重地一屁股坐在一個木桶上。

　　「我們正在唱歌助興，你來起個頭吧！」賈隆說。

「我就只會那兩首老掉牙的歌曲，況且你們早就聽膩了吧。不如由哈維來替我們唱首歌吧！」

突然被點名的哈維感到不知所措，立刻絞盡腦汁地翻找腦袋裡的記憶，想找出一首符合現在氣氛的歌曲。過了一會兒，他一時間只想到之前在阿第倫達克夏令營學過的《艾瑞森船長》，於是緩緩開口唱出第一句歌詞，沒想到狄斯科瞬間臉色大變，大聲吼道：「小傢伙，別唱了！雖然這首歌的旋律優美，但歌詞簡直就是胡說八道！」

「這首歌的歌詞哪裡不好？」哈維驚訝地問。

狄斯科嚴肅地回答：「小傢伙，這首歌的年代背景是西元一八一二年，當時艾瑞森是『貝蒂號』的船長。他們捕魚結束正要返航時，遇見了有漏水情形的『努力號』。那時的天氣惡劣，加上船員們離家很久了，因此『貝蒂號』上的人都巴不得早點回家去。雖然艾瑞森主張搶救『努力號』，但大家並沒有理會，反而七手八腳地升起船帆，逕自回航。」

「隔天，海面居然奇蹟似地恢復平靜，『努力號』上的部分船員被其他船隻救起，平安歸來。家鄉的人知道『貝蒂號』見死不救的事之後，非常氣憤。那些原本主張返航的船員見苗頭不對，立刻將責任全都推給艾瑞森，說他們只是服從他的命令。結果艾瑞森被綁在馬車上遊街示眾，接著被丟棄在一艘破船裡，隨著海浪載浮載沉，最終葬身在海底。」

「後來有些船員受不了內心的苛責，終於鼓起勇氣說出真相。大家雖然感到後悔莫及，但也無法挽回艾瑞森的性命了。這件事情發生後不久，這首歌的作詞者恰巧來到艾瑞森生前居住的小鎮去作客，並聽到了這則故事的前半段。不久之後，他就寫出了那樣的歌詞，導致艾瑞森枉死多年以後，還得遭受世人的謾罵。唉，艾瑞森實在是太可憐了！」

「阿丹以前也曾在學校裡學過這首歌，我一聽到他唱出

第一句歌詞，就狠狠地訓了他一頓。哈維，現在我把真相告訴你，就是希望你牢牢記住艾瑞森並非歌詞描述的那樣卑鄙無恥。還有，不要隨便批評一個人，免得害了人家一輩子。你聽清楚了嗎？」

　　就在這時，曼紐爾叮叮咚咚地彈起烏克麗麗，試圖化解尷尬的氣氛。過了一會兒，恢復平靜的狄斯科清了清喉嚨，為大家唱了一首老歌。

　　四月過了，雪融化了，
　　我們就要離開新貝德福；
　　是的，我們就要離開新貝德福。
　　我們是海上的捕鯨人，
　　從來沒見過麥穗開花。

　　接著是一段輕柔的樂器獨奏，過了不久，狄斯科繼續唱道：

　　麥穗開了花，淚珠留下我愛人的臉頰；
　　麥穗開了花，我們在海上為生活掙扎；
　　麥穗開了花，留下我的愛人獨自在家；
　　請耐心等我回來，撐起我們美麗的家。

　　哈維聽完後，被歌詞感動得眼眶泛淚。後來廚師放下了手上的馬鈴薯，拿起小提琴，演奏起一首更加叫人傷心的歌曲。悲戚的曲調搭配他低沉的嗓音，讓聽眾彷彿身處在一個滿是傷悲的世界。

　　「天啊，這首歌真是太令人難受了！我們來點輕快的歌曲吧！」阿丹大叫一聲，隨後拉起手風琴，演奏出一段急促

的曲調：

> 我們不見陸地已有六百二十天，
> 我們帶著十五萬公斤重的魚，
> 以及花花綠綠的鈔票……

「住嘴！」普拉德大吼：「阿丹，你是存心想毀了這次的航行嗎？那首歌說的是『晦氣星』，除非我們準備打道回府，否則不准唱！」

「沒那麼嚴重，只要我不唱出最後一句，就不算犯了忌諱！」阿丹理直氣壯地說：「爸爸，您說對不對？」

「什麼是『晦氣星』？」哈維一頭霧水地問。

「就是專門帶來厄運的魔鬼。有時候祂們會附在人的身上，有時候是附在小船或木桶之類的東西。」普拉德繼續說道：「晦氣星的種類很多，吉姆・波克在淹死之前就是個晦氣星，和他待在一起的人準會倒大楣。『俄茲拉號』上的一艘綠色平底船也是晦氣星，曾經有四個人乘坐那艘船出去捕魚，結果都葬身海底，聽說它在晚上時，還會自己發光。」

「你們都相信晦氣星的存在嗎？難道我們只能任由祂擺布？」哈維問。

「在茫茫大海上，什麼事情都有可能發生。」狄斯科嚴肅地說：「小傢伙，別拿晦氣星開玩笑。」

「好啦，至少哈維不是晦氣星。」阿丹連忙出面緩頰：「因為從我們把他救上來的那天起，『在這兒號』每天都是大豐收啊！」

就在這時，廚師突然在一旁發出古怪的笑聲。

「怎麼了？難道我說錯了嗎？」阿丹不悅地問。

「對，他不會替我們帶來災難。阿丹，我笑的是你將來

會成為他的屬下，但現在就已經忠心耿耿了。」

「我做他的屬下？怎麼可能？」阿丹不可置信地說。

「主！」廚師指了指哈維，然後又回過身來指指阿丹，說：「僕！」

「你究竟是如何得出這個結論的？」普拉德好奇地問。

「我也不知道，反正我腦袋裡就有一個這樣的畫面。」廚師說完後，繼續埋頭削馬鈴薯，不再回答任何人的問題。

這時，甲板上傳來有人敲擊船板的聲音。

「我去看看索爾特發生了什麼事情。」狄斯科說完，匆匆離開船艙。

雖然大風把霧吹散了，卻讓海面變得波濤洶湧。「在這兒號」滑到了又長又深的浪窪裡，巨浪一會兒將雙桅船拋到浪尖，一會兒又讓它跌入深淵。四周的滾滾浪花彷彿一座座灰色的小山，隨著大船載浮載沉。

「我剛才好像看見前面不遠處有什麼東西。」索爾特叔叔指著東北方說。

「不會是漁船吧？」狄斯科瞇起眼睛，俯身向前望去，然後對阿丹說：「你爬上主桅杆，看看我們的流釣浮標還在不在。」

於是阿丹俐落地爬上主桅杆，一手抓著桅杆，一手放在眼睛上方，朝四周張望尋找目標。接著，他大喊：「浮標正常！不過，有一艘船從正北方朝我們開過來！」

大約過了二十分鐘後，一艘老式帆船出現在他們眼前，它就是惡名昭彰的「阿畢夏號」。那艘船上面的每一根繩子和支架都髒兮兮的，纜索四散飛揚，簡直就像碼頭旁邊的海草。年久失修的船身在洶湧的海面上搖搖晃晃地前進，模樣令人相當擔憂。

「那艘船上只有酒桶和糊塗蟲。」索爾特叔叔批評道。

「他們根本就不該在這種天氣下出海。」賈隆說。

「普拉德，你看它的船頭是不是太低了？」狄斯科問。

「沒錯，他們得趕緊用幫浦把前艙裡的水抽出去。」普拉德回答。

「阿畢夏號」順著風駛了過來，一位滿頭灰髮、臉色紅通通的老人走到船舷旁邊，用厚重的鼻音朝「在這兒號」吼了幾句。哈維聽不懂老人在說些什麼，可是狄斯科一聽，臉色瞬間沉了下來。

「他現在還有心情詛咒我們哪！阿畢夏，阿畢夏！」狄斯科焦急地指著對方的船頭，手臂上下擺動，做出用幫浦抽水的樣子。

沒想到老人非但不領情，還朝他大吼：「你們那艘船很快就會裂成兩半！這次鐵定是你們最後一次出海了，你們永遠無法回去格洛斯特啦！」

「真是個瘋子！」普拉德嗤之以鼻地說。

「那艘船簡直是漂在海面上的活地獄！」賈隆接著說：「恐怕它還沒出海，上面就已經出亂子了。」

「據說那艘船已經有七十年的歷史了。」阿丹向哈維解釋：「阿畢夏從來沒讓它休息過，就這樣一直在海上漂蕩。大家都將那艘船視為晦氣星，避之唯恐不及。他們的船員無時無刻都在喝酒，醉得一塌糊塗。」

大家默默看著「阿畢夏號」像醉漢似地左搖右擺，載浮載沉地順風航行。那艘船來到一處被陽光照得亮晃晃的浪尖上，過了一會兒，海面恢復平靜，帆船卻跌進浪窪裡，消失得無影無蹤。

「天啊，他們的船沉了！」狄斯科大吼：「雖然他們是一群討人厭的無賴，但我們不能見死不救。升起船帆，立刻開船！」

　　大家為了節省時間，也不管錨收上來了沒有，就先掛上船頭三角帆和前帆，造成船身猛地一衝，震得哈維跌坐在地上。接著，船員們又一抖一扯，把船錨從海底拖上來。狄斯科沒等大家把錨收好，就開始破浪前進了。其實，這種舉動非常魯莽，要不是為了救人，誰也不願意這麼做。

　　「在這兒號」趕到「阿畢夏號」消失的地方，卻只找到兩、三個存放流釣漁具的木桶、一個酒瓶和一艘小平底船。

　　「唉，要是他們沒有疏忽大意，每人都喝得醉醺醺，根本不會發生船難。」狄斯科說。

　　「不過，阿畢夏似乎把他的霉運帶走了。你們看，風已經停了。」索爾特叔叔說。

　　普拉德提議最好把流釣收回來，另外換個地方停船，但是廚師卻說：「風水輪流轉，若是你們不信，親自去看看就知道了。」

　　這句話說得賈隆心癢難耐，於是立刻拽著普拉德和他一起駕船出海。

　　大家都非常替那兩人擔心，因為他們得把流釣魚繩從小船的這頭拉上來，摘下上鉤的獵物，順手穿好魚餌，再從小船的另一頭把流釣魚繩放下去。雖然看似簡單，但只要一不小心，就有可能被又長又重的魚線拉進海裡。

　　直到聽見普拉德高亢的歌聲，大夥兒才放下心來。那艘靠近「在這兒號」的平底船裡裝了滿滿的魚，大家連忙放下滑車接他們上船。

　　大家就這樣一路忙到天黑，甲板上堆滿了魚。

　　「好了，我不想繼續待在這個不祥之地捕魚了。」狄斯科說道：「把平底船都拉上來，用過晚餐之後，我們立刻破魚。」

　　破魚的工作一直持續到九點鐘，船艙裡的空間又減少了

一點。

「哈維，你今天扔魚扔得真快！」阿丹微笑著說。

「當然，我現在也算是半個討海人啦！」

第五章　海上趣聞

　　這些日子以來，哈維忙著學習新事物，很少有時間想心事。當然，他有時候會想起可憐的母親，巴不得把自己生還的事情告訴她，也希望她能親眼看看自己辛勤勞動的模樣。

　　哈維現在是「在這兒號」上的一份子，飯桌旁有他的座位，艙房裡有他的床鋪；碰上暴風雨時，大家還會津津有味地聽著他敘述家裡的生活，因為除了阿丹以外，所有人都認為那些簡直就是童話故事才可能出現的情節。

　　後來，哈維乾脆就把過往的生活編造成精采的故事，分享給其他船員聽。他說自己有個住在俄亥俄州的朋友，擁有一輛由四匹小馬拉的馬車，經常吩咐僕人帶他四處遊玩；他從不買現成的衣服，一定非請裁縫師替他量身訂製不可，而且每種款式都要訂做許多套，以備不時之需；他的家中時常舉行宴會，參加的女士都穿著豪華的禮服、戴著鑽石珠寶，並用閃亮亮的銀製餐具用餐。

　　哈維十分懂得察言觀色，要是他發現大家對他的故事有熱烈的反應時，他就會加油添醋、誇大其辭，讓場面變得更加熱鬧。

　　沒多久，哈維開始跟著狄斯科學習航海的技術。這位船長的航海法寶是一個生鏽的四分儀、一張航海地圖、一本曆書、一本水路手冊和深海重測錘。由於重測錘相當沉重，因此通常會由普拉德負責投放。不過，要是碰上風平浪靜的日子，哈維就會替狄斯科投放那個只有七磅重的輕測錘。

　　投放前，哈維會用凝結成塊的油脂，把輕測錘的一端封好，再投入海中；然後再小心翼翼地把沾滿泥沙、貝殼和海草的輕測錘拉上來，交給狄斯科。狄斯科只需要用手指頭碰一碰、用鼻子聞一聞，就能推斷海底的狀況，然後決定「在

這兒號」接下來的動向。

　　大家已經連續在大霧裡工作許多天了。雖然太陽沒有露臉，魚兒卻上鉤得非常快，所有人都忙得不可開交。起初幾天，哈維只負責打鐘，替在霧裡工作的夥伴指引方向。後來他厭倦這種無聊的工作後，就壯起膽子和普拉德一起出海打魚。普拉德釣魚的技術非常好，拉魚的動作更是乾淨俐落。哈維負責握著木槌在一旁等候，只要一看到獵物跳出水面，立刻朝牠狠狠敲下去。

　　幾天後，哈維和曼紐爾一同出海。他們到了狄斯科認為海水應該只有四十噚深的地方，把錨放了下去。沒有想到，錨索已經統統放盡了，還是沒有碰到海底。哈維頓時驚慌不已，認為自己完全和陸地失去聯繫了。

　　他們回到「在這兒號」，發現所有人都在取笑船長，說他把大家帶到了一個只有鯨魚才願意待的不毛之地。過了一會兒，狄斯科將船駛到另一個地方。這一次，哈維仍舊乘坐曼紐爾的平底船，一起去捕魚。出海沒多久，他們就看見一團白色的東西從霧裡鑽了出來，一邊發出奇怪的聲音，一邊緩緩向前移動。接著它大吼一聲，轟地一下撲到海裡，激起高高的浪花。

　　其實，那是北方夏天常見的冰山，不過經驗不足的哈維當然不知道，因此他嚇得躲進船內，一動也不敢動。曼紐爾見狀，忍不住大笑。

　　有時他們也會碰上萬里無雲的好日子。通常這個時候，大家就會站在船舷旁邊，手裡握著釣竿，悠閒地釣魚。如果有冰山從旁邊漂過，他們就會用槳去拍打它，作為娛樂。要是天氣晴朗，又有微風吹送的話，那就是哈維學習駕駛「在這兒號」的最佳時機了。

　　當哈維第一次轉動舵輪，讓「在這兒號」跟著他的動作

滑過浪尖時，不禁興奮得微微發抖。他想，他永遠都無法忘記這種奇妙的感覺。

哈維和其他孩子一樣，喜歡模仿大人的動作。他會像狄斯科一樣，把全身趴在舵輪上，用雙手掌舵；他會學賈隆釣魚的姿勢，將魚線提得半天高；他搖槳的姿勢既有力又有節奏感，彷彿是曼紐爾的翻版；他還喜歡學普拉德大搖大擺走在甲板上的神氣模樣。

這天，賈隆一邊看著哈維值班的背影，一邊對其他人說道：「看他這個模樣真叫人欣慰。我願意拿我所有的工錢打賭，他絕對不是為了有趣才模仿的，他絕對是把自己當成一名勇敢的水手了！」

「是啊，他和阿丹簡直就像一對雙胞胎，老是喜歡擺出老氣橫秋的派頭。」普拉德走向船艙，對狄斯科說：「我想你這次看走眼了，哈維怎麼看也不像是個瘋子。」

「他剛上船的時候，確實是瘋瘋癲癲的。」狄斯科正經地說：「不過，自從我給他一記教訓後，他就清醒過來了，而且表現得愈來愈好。」

哈維和大家愈來愈熟之後，講話也變得毫無忌憚，不過在狄斯科面前，他一點也不敢隨便。即使那位船長用和藹的語氣詢問他：「你願不願意替我做這件事？」或是給予他勉勵：「你做得真好！」他都絲毫不敢大意。狄斯科那張剛毅的面孔和布滿皺紋的雙眼，使他看起來非常有威嚴，叫人不得不服從命令。

閒暇的時候，狄斯科會握住哈維拿著鉛筆的手，沿著他們的航線，帶哈維認識航海地圖。「在這兒號」從美國東海岸的格洛斯特市向北出發，他們沿途經過法國的阿弗赫市、西島、漁人島、聖皮耶赫島，然後抵達紐芬蘭的大岸市。同時，狄斯科也會教導哈維如何使用四分儀。

哈維在使用四分儀這方面，比阿丹厲害得多，因為他擁有數字概念，反應也快。他只要捧著四分儀，再往海面上的太陽看一眼，就能知道「在這兒號」目前所處的位置。

　　然而在其他事情上，哈維就比不上阿丹了。阿丹能夠在漆黑的夜裡，飛快地替流釣魚繩穿上魚餌，並找出需要的纜繩；也可以在索爾特叔叔身體不適時，接替剖魚的工作；除此之外，他只要憑藉吹拂在臉上的風力，就知道該如何駕駛「在這兒號」。

　　遇到暴風雨的日子，大家喜歡坐在船艙裡談天，述說個人的寶貴經驗或奇聞軼事。狄斯科談的都是關於航海和捕魚的真實故事，例如從前的人怎樣到北極去獵捕鯨魚，結果捕鯨船撞上冰山，全部的人都葬身海底；還講了一支由一百多人組成的極地探險隊在冰上漂流了三天三夜，最終順利獲救的故事。不過所有故事中，哈維最喜歡他描述鱈魚在海底吵架，並請其他魚類調解糾紛的過程。狄斯科說得繪聲繪影，簡直就像曾經親眼目睹一般。

　　賈隆喜歡說鬼故事，經常把大家嚇得魂不附體。他說從前有艘運金船發生海難沉到海底，水手化成鬼魂守著那批珠寶的故事；又說某個海域附近，有艘無人駕駛的幽靈船在霧裡漂來漂去；還說一個落海的水手會在半夜裡划著小船，一邊吹口哨，一邊尋找替死鬼。

　　起初，哈維對賈隆的鬼故事嗤之以鼻，但聽到最後，還是嚇得起雞皮疙瘩，全身直冒冷汗。

　　普拉德喜歡談他過去在「俄亥俄號」上時的點點滴滴，以及參與戰爭的經歷。他描述他和夥伴們繞過南美洲的合恩角，並開砲和對手交戰的驚險過程；還提到他們為了封鎖海岸，在海上待了幾個星期。那時正值寒冬，因此全船的官兵們得不分晝夜，不斷地砍掉繩子和滑車上的冰霜，以免船身

過重，沉進海底。

曼紐爾說起話來不疾不徐，音調十分柔和。他說的大多都是有關他家鄉馬德拉群島的風俗習慣，以及水手們在紐芬蘭港口喝酒鬧事的糗態。

索爾特叔叔的話題總是離不開他發明的那些肥料，他認為他畢生最大的成就，就是提倡綠肥——用苜蓿草來取代化學磷肥。如果哈維在他高談闊論的過程中，表明自己支持化學肥料，索爾特叔叔就會從床底下的箱子裡拿出一本書，大聲地念給哈維聽；假如哈維還想繼續反駁，賓斯法尼亞就會露出難過的表情，使哈維不好意思再說下去。這麼一來，哈維倒養成了仔細聆聽別人說話的好習慣。

沉默寡言的廚師通常不會加入大家的談話，不過他只要一開口，大家都會拉長耳朵仔細聆聽，尤其是阿丹和哈維，更是聽得津津有味。他說了關於狗兒在冰天雪地的北極，拉著雪橇去送信的感人故事；還說了破冰船撞開浮冰、清理航道的刺激過程。

就這樣，哈維一邊吸收新知識，一邊呼吸海上的新鮮空氣。漸漸地，他的臉色愈來愈紅潤，身體也比以前更加結實強壯了。同時，「在這兒號」繼續朝北行駛，貨艙裡的銀白色鱈魚也愈堆愈高。

狄斯科找魚的本事遠近馳名，因此周圍的漁船隨時都在觀察「在這兒號」的一舉一動。為了擺脫他們的糾纏，他會趁著海面上起霧時，悄悄地溜開那些人的視線。狄斯科不喜歡與其他漁船結伴而行有兩個原因：第一、他想要做一些開創性的實驗，不想要被其他人打擾；第二、他不喜歡和不同國籍的人組成船隊，因為他認為有些國家的人民性格較為暴戾，若是在航行中起衝突，就容易發生意外。

有一天，阿丹說：「爸爸，貨艙裡的鱈魚堆積如山，看

來我們在大岸市待不到兩個星期，就可以回家了！哈維，你在那裡會看見來自世界各地的船隊。那時候，我們捕魚的工作才算真正開始呢！幸好我們是在一個月前把你救上來，否則就來不及把你調教好去見『老聖母』啦！」

之前跟著狄斯科學習航海知識時，哈維就已經在地圖上看見「老聖母」和其他擁有古怪名字的小暗礁。他知道那裡是他們航程的終點，也明白假如他們運氣好，會在那裡捉滿一整船的魚。不過「老聖母」在地圖上只有一個小黑點大，哈維不免擔心狄斯科究竟能否只靠四分儀和重測錘，順利地找到那個地方。

船艙裡除了放著狄斯科的航海法寶之外，還有一面四英尺寬、五英尺長的大黑板。哈維始終不知道它有什麼用處，直到有一天，他們遇到了一艘法國漁船，他才弄明白。

那天，他們在海上停下來一會兒、稍作休息時，突然聽見一陣霧角聲。那個物品是用雙腳踩動來發聲，聲音聽起來彷彿大象在吼叫。

「有人在問路！」賈隆說完，只見霧裡鑽出一艘紅色的三桅帆船。「在這兒號」立刻敲了三下鐘，警告來船小心。

那艘大船連忙後退，船上發出了一陣嘈雜的呼喊聲。

「是法國佬。」索爾特叔叔鄙夷地說：「從漁船的樣式來看，肯定是來自聖馬洛。」

普拉德用生疏的法語大喊：「喂，退後，再後退一點！你們是從哪裡來的？聖馬洛嗎？」

「沒錯！沒錯！」大船上的水手一邊揮動帽子，一邊用生硬的美語說：「板子，板子！」

「阿丹，快去把黑板拿來，告訴他們四十六和四十九。我相信我的判斷不會錯的。」狄斯科說。

阿丹立刻把這兩組數字寫在黑板上，再把板子掛在主桅

杆上。原來，那些數字代表著他們現在所處的經度和緯度。法國船上的人一看，開心地道謝。

「小傢伙，我們想和那些法國佬換一點菸草，你會說法語嗎？」索爾特叔叔摸了摸口袋後，問哈維。

「我會！」哈維高興地回答，然後立刻轉頭，用嫺熟的法語大喊：「喂，等一等！我們想和你們換一點菸草！」

「噢，沒問題！」法國佬連忙將船停了下來。

「他們聽懂啦！」普拉德興高采烈地說：「翻譯先生，我和你一起去吧！雖然我不會法語，但是非常懂得談判！」

於是，哈維和普拉德一起上了那艘法國船。很快地，哈維就發現他的法語根本派不上用場，因為那些水手聽不懂他的腔調。因此，除了點頭和微笑之外，他什麼忙也沒幫上。可是，普拉德卻比手畫腳地和大家聊得非常愉快，船長甚至請他喝了一杯香醇的琴酒。

過了一會兒，大夥兒開始認真談起生意。法國佬想用菸草來換一些巧克力和餅乾，所以哈維划船回去，把那些東西帶到法國船上。雙方在舵輪旁邊，一樣一樣地清點，誰也不占誰的便宜。

最後，交易圓滿達成。普拉德和哈維的身上塞滿菸草和口香糖後，爬回了平底船。那些生性樂觀的法國水手們則揚帆開船，駛進了白茫茫的霧裡。過了一陣子，哈維隱約還能聽見他們快樂的歌聲。

他們倆回到「在這兒號」之後，哈維不解地問普拉德：「為什麼他們聽不懂我的法語，卻能明白你的手勢呢？」

普拉德大笑著回答：「哈哈！這可是全世界通行的語言呢！那些法國佬並不是土生土長的法國人，而是法屬的聖匹及密啟倫群島人。他們說的法語怪腔怪調，當然聽不懂你的正宗法語了。我告訴你，只要會扳手指頭、點頭和搖頭，就

能和那些人打交道啦！」

　　經歷了這次事件之後，哈維深深覺得在海上生活，真是
一門非常大的學問。看來，他要學習的事情還很多呢！

第六章　沉船悲劇

　　「在這兒號」繼續沿著海岸，朝北行駛。他們一路上走走停停，每天都放平底船出海捕魚，漁獲量就這樣穩定地持續增加。

　　一天晚上，正當大家都在甜甜的夢鄉時，值班的索爾特叔叔突然高聲大喊：「烏賊來啦！」

　　大家連忙從床上爬起來，拿著烏賊鉤去釣烏賊。這種粉紅色的烏賊鉤和其他釣鉤不同，它的鉛條上有一圈向上彎曲的針，彷彿一把沒有完全撐開的傘骨。不知道為什麼，烏賊只要一碰到它，就會被纏得無法動彈，因此釣烏賊的人只要在牠尚未從那圈針裡逃脫之前，把釣鉤提上來就可以了。他們連續工作了一個小時之後，甲板上就堆滿了許多烏賊。

　　烏賊是鱈魚最愛吃的食物，所以第二天早上，大夥兒用烏賊作餌，釣到了許多肥美的鱈魚。下午，就在大家忙著破魚時，聲名狼藉的「畢嘉莉號」迎面駛了過來。他們見「在這兒號」上有許多烏賊，便想用七條鱈魚來換一隻烏賊。不過狄斯科不同意，「畢嘉莉號」只好把船開到一英里半以外的地方停下來，打算自己動手碰碰運氣。

　　狄斯科默默地注視著「畢嘉莉號」的動靜，並在用過晚餐後，將內心的想法告訴大家，然後吩咐阿丹和曼紐爾划船出去，在錨索上裝浮標。恰巧，「畢嘉莉號」上的一個船員在附近打魚，他看見兩人的舉動後感到非常奇怪，因為在錨索上裝浮標，通常是怕船錨被海底的岩石纏住時才會做的事情。可是這裡的海底並沒有岩石，根本不需要擔心船錨會被東西卡住。

　　那名船員忍不住好奇地詢問，沒想到卻得到阿丹的冷嘲熱諷：「我父親說他不相信『畢嘉莉號』，所以只要你們在

附近，我們就得早點做準備。」

「我們哪裡妨礙到你們了？」那人不高興地說。

「因為你們船停在我們的上風處啊！誰都曉得『畢嘉莉號』就像是一匹脫韁的野馬，經常發生錨索斷裂，順著風亂闖的事故。」

「哼，我們這一趟出海以來，還沒有在海上亂漂過！」那名船員被人當面揶揄，心裡非常不是滋味。

「哦，是嗎？」阿丹嘲諷地說：「那你能說說看，為什麼你們又換了一個新的船頭三角帆桁嗎？」

「你這個只會拉手風琴的小鬼，還是趕快滾回格洛斯特讀書吧！別出來丟人現眼了！」那人破口大罵。

「你才是！回去把『畢嘉莉號』澈底翻修一遍吧！免得出來危害別人！」阿丹不甘示弱地大聲吼回去。

雙方你來我往，誰也不讓誰。阿丹和曼紐爾一邊划船，一邊向對方叫囂，直到上了「在這兒號」才閉上嘴巴。

狄斯科嚴肅地告訴大家：「今晚大家得保持清醒，因為雖然『畢嘉莉號』現在安穩地停泊著，但誰也無法預料半夜起風後會發生什麼狀況。」

太陽下山後，風力果然愈來愈強，海浪也愈來愈凶猛。大夥兒緊盯著遠方的「畢嘉莉號」，只見它搖搖晃晃，看起來弱不禁風。到了半夜，「畢嘉莉號」突然發出三聲急促的槍響，警告周遭的船隻。

「它朝我們衝過來了！」阿丹大叫。

狄斯科立刻砍斷錨索，利用船頭的三角帆和碇泊帆，讓「在這兒號」掉轉船頭。說時遲那時快，「在這兒號」才剛空出航道，「畢嘉莉號」就緊挨著他們的船舷衝了過去。

「晚安！」狄斯科舉著帽子說。

「回俄亥俄州去，買幾匹騾子來拉你們的船吧！」索特叔叔挖苦說。

「要不要我把小船上的錨借給你們啊？」賈隆大喊。

「你們乾脆把舵輪拆了，插進爛泥巴裡吧！」普拉德大笑著說。

「快滾回去！」阿丹站在主桅杆上，幸災樂禍地揶揄：「你們家鄉的修船廠還沒打烊呢！」

「把舵索卸下來，釘在船底當錨索吧！」哈維驕傲地用水手們的行話來消遣他們。

「晦氣星在表演水上芭蕾呢！」曼紐爾趴在船舷上，悠哉地欣賞著「畢嘉莉號」華麗的轉身。

「向右轉，再繞一圈！對，就是這樣！」賓斯法尼亞也開心地說。

調侃完「畢嘉莉號」後，大夥兒連忙將船駛回剛才停泊的地方，尋找被砍斷的錨索。他們花費了整整一個晚上，才將所有裝了浮標的錨索收上來。不過，兩個孩子都認為這點代價根本不算什麼。況且，他們還有好多挖苦的話來不及和「畢嘉莉號」上的船員們說呢！

第二天，他們遇見了許多漁船，而且大家的航線一致，都是從東北方往西行駛。就在他們快要抵達「老聖母」時，海上又起了大霧，大家只好把船停下來，不敢輕舉妄動。濃霧瀰漫整個海面，雖然四周紛紛傳來響亮的鐘聲，卻無法看見正在打鐘的漁船。

這天早上，哈維和阿丹一起床，就躡手躡腳地跑去廚房偷煎餅吃。其實，他們可以直接和廚師要幾片，然後光明正大地大快朵頤一番。可是，他們認為用「偷」的比較刺激有趣，而且還能順便逗廚師生氣。

他們拿到煎餅後，立刻被船艙裡的悶熱空氣趕上甲板。這時，狄斯科正好在打鐘，一看見兩個孩子，便把這項工作交給了哈維。

「繼續打鐘。」他說：「我好像聽見郵輪的汽笛聲，希望不要發生什麼事故才好。」

哈維敲出來的鐘聲小得可憐，聲音散布到濃霧後變得若有似無，但他依然賣力地做著狄斯科交代的任務。在斷斷續續的鐘聲裡，他聽見了響亮的汽笛聲。過了幾個月的海上生活後，哈維明白郵輪為什麼要鳴汽笛。這個可怕的聲音讓他回想起過往的記憶，那時候的他有一個舒適的艙房，房間裡不僅有熱水可以洗澡，還有各式各樣的美味點心。他遇難的那一天，還口無遮攔地說要是那些漁船被郵輪撞上，就只能自認倒楣。

現在的他和以前大不相同，不僅在清晨四點鐘起床，還在濃霧裡拚命地敲著鐘，警告附近行駛的郵輪不要靠近，免得發生事故。他一想到郵輪上的那些人可能正舒服地躺在被窩裡，絲毫沒有察覺到自己即將撞上漁船，便不由得心口一緊，更加用力地打鐘。

「太好了，郵輪已經按照航海法規放慢速度了。不過，我還得再警告他們一下。」阿丹說完，拿起曼紐爾的號角吹了起來。

「嗚──嗚──」是汽笛聲；「噹──噹──」是打鐘聲；「嘟──嘟──」是號角聲，所有聲音交織在濃霧中，不禁令人感到心浮氣躁。這時候，哈維感到有個東西正朝他們靠近，他抬頭一看，發現一個濕漉漉、像懸崖一樣的船頭正聳立在上方，眼看馬上就要壓過「在這兒號」了！

就在哈維認為他們必死無疑的時候，滔天巨浪忽然往後退去，郵輪也跟著退到距離他們幾英里的浪窪裡。哈維如釋重負地嘆了口氣，但郵輪槳葉所激起的一波急流，使「在這兒號」劇烈地搖晃起來。忽然，一個木箱掉落在甲板上，發出一聲巨響，嚇得哈維差點暈過去。

　　就在這個時候，他聽見遠方傳來一個微弱且急促的聲音說：「停！停！你把我們的船撞沉了！」

　　「是不是我們的船？」哈維顫抖地問。

　　「不是，是別的船！繼續打鐘，我出去看看！」阿丹說完，立刻跳上了一艘平底船。

　　船上除了哈維、賓斯法尼亞和廚師之外，所有人都乘著小船出去救援了。沒過多久，一根折斷的前桅從他們的船頭漂過去。接著，又漂來一艘空無一人的綠色平底船。更恐怖的是，後面還跟著一個臉朝下、身穿藍色針織衫的屍體。賓斯法尼亞看見後，忍不住倒抽了一口氣；哈維則絕望地敲著鐘，深怕他們隨時會被其他艘郵輪撞成兩半。過了一會兒，船員們回來了。哈維一聽到他們的聲音，立刻跑上前去。

　　「『珍妮・庫什曼號』被切成兩截了！」阿丹把頭埋進雙手裡，哽咽地說道：「殘骸就在半英里之外。我父親救了老庫什曼，可是其他人，包括老庫什曼的兒子，全都葬身海底了！」

　　就在阿丹說話的同時，其他船員把一個滿頭灰髮的老人拖了上來。

　　「狄斯科，你為什麼要救我？」老人痛苦地大吼：「要是你們不管我，我那可憐的太太還能向上天禱告，靠著一絲希望活下去。現在，我得親口告訴她這件悲痛的消息了！」

　　「不要再說了，你到船艙去休息一會兒吧！」狄斯科把手重重地按在那人的肩膀上，紅著眼眶說。

　　大家站在一旁默默不語，誰也想不出什麼話來安慰那位傷心欲絕的老人。此時，一艘雙桅船打著鐘朝他們靠近，霧裡傳來一個聲音說：「喂，狄斯科，你知道『珍妮・庫什曼號』失事了嗎？」

　　「知道，老庫什曼就在這裡。你們有找到其他人嗎？」

狄斯科回答，聲音聽起來有些顫抖。

「我們只在前艙的一堆木頭裡找到一個人。」對方說：「他的頭擦傷了，不過沒什麼大礙。」

「是誰？」「在這兒號」的人全都繃緊神經，異口同聲地問。

「是小庫什曼。」

「萬歲！你們真是功不可沒啊！」狄斯科說。

「哦，是嗎？」那人不以為然地說：「昨天晚上，你們這些傢伙還對我們冷嘲熱諷呢！」

原來，這艘船竟然是「畢嘉莉號」！

「對不起，我為那天的行為向你們道歉。」狄斯科誠懇地說。

「沒關係，過去的事情就算了。你們把老庫什曼送過來吧，好嗎？我們船上正好缺少一個操作絞錨盤的人。放心，我們會好好照顧他的。」

「沒問題。你們還需要其他的東西嗎？」

「什麼都不需要……噢，等等，那你給我們一個船錨好了。啊，小庫什曼醒過來了！快把他父親送過來吧！」

賓斯法尼亞走進船艙將老庫什曼喚醒，然後由普拉德划船把他送過去。臨走前，老庫什曼不發一語，仍舊沉浸在悲傷的情緒裡。很快地，他蹣跚的背影就消失在海面上的濃濃大霧中。

「現在，立刻起錨！」狄斯科大聲命令：「我們趕快離開這片令人不寒而慄的水域吧！」

船員們一聽，馬上開始動作。

「狄斯科，你對這件事情有什麼看法？」賈隆問。他說話的時候，「在這兒號」正在潮濕的霧裡穿行。

「我認為它嚴重影響了所有船隊的士氣。」狄斯科語重

心長地說。

「原本好好的一艘漁船，就在剎那間被摧毀殆盡了。」哈維想起那個怵目驚心的場景，忍不住潸然淚下。

「唉，我最擔心賓斯法尼亞！萬一他不幸恢復記憶，往後的日子不知道該怎麼活下去呢！因此，我希望大家盡量不要在他的面前提到這次的事故，免得釀成另一場悲劇。」

大家點了點頭，同意狄斯科說的話。

接下來的三、四天，狄斯科不斷地找事情給大家做，讓所有人忙得團團轉。遇到無法划船出去捕魚的壞天氣時，他就命令船員們把貨艙裡的鱈魚重新堆疊整齊，好挪出更大的空間來擺放戰利品。就這樣，大夥兒每天都累得筋疲力盡，連坐下來閒談的時間都沒有，自然也就不會想起那場可怕的意外了。

經過這次的意外之後，賈隆特別留意哈維的身心狀況，他怕初次航海的哈維遇到可怕的海難，會忍不住精神崩潰。賈隆只要一看到他稍微露出難過的神色，就會拿起繩子鞭策他，然後口氣嚴厲地說：「『傷心』是恐怖的魔鬼，只會害人沉淪下去，一點好處也沒有！」

哈維在這段期間內想了很多，他透過這件事領悟到人的生命瞬息萬變，因此不僅要好好把握時光充實自己，更要善待身邊的人，免得留下遺憾。阿丹也同意他的想法，並提議再也不要去偷煎餅，惹廚師生氣了。

「在這兒號」在濃霧裡行駛了許多天，最後終於在某一天早上，狄斯科興奮地對著船艙內大吼：「孩子們，快來！我們抵達『老聖母』啦！」

如果以故事的形式教授歷史，
那將永遠不會被遺忘。

If history were taught in the form of stories,

it would never be forgotten.

魯德亞德·吉卜林

Rudyard Kipling

第七章　「老聖母」驚魂

哈維永遠不會忘記他初次來到「老聖母」時所看見的景象。那時，太陽正緩緩地從海平面升起，紅色的光芒低低地照在碇泊帆上。海面上大約有一百艘的帆船，它們分成三支縱隊，分別行駛在南方、北方和西方。每艘船都隨著洶湧的波浪起起伏伏，彷彿在和周遭的鄰居打招呼。散布在大船附近的平底船像小甲蟲一樣，密密麻麻地浮在藍色的海洋上。

幾英里外，傳來了人們的喧譁聲、纜索的滑動聲和船槳拍打水面的聲音。在這裡，彼此交談必須扯開喉嚨大吼，對方才能聽清楚你說的話。

「哇！這裡簡直就像是一個城鎮！」哈維滿臉好奇地四處張望。

「今年來的人特別多呢！現在這裡恐怕至少有兩百艘漁船。」狄斯科指著一片綠色的海域說：「你看，那裡就是聖母礁。」

「在這兒號」往北方的船隊緩緩駛去，並在沿路上遇見不少熟人。狄斯科一邊掌舵，一邊不停揮手和其他人打著招呼，然後俐落地繞到最後一艘漁船的後面停了下來。

「來得正好！你們正好趕上捉毛鱗魚呢！」「瑪莉號」上的人高喊。

「喂，普拉德！今天晚上要不要一起吃頓飯？」「亨利號」上的一名男子熱情地詢問。

大家就這樣你來我往，熱絡地交談起來。就連平常沉默寡言的廚師，也和一位同鄉的水手聊得不亦樂乎。

由於聖母礁周圍的海底岩石密布，只要一不小心，船錨就會卡在石縫裡動彈不得。因此，所有的漁船都在錨索上仔細地綁好浮標之後，才將平底船放到海面上，讓船員划著小

船，朝一英里外的海域前進。

　　大船們為了安全起見，都會互相保持一段距離。在平底船出海的這段期間，它們就停泊在原地，等候小船歸來。放眼望去，大船和小船分別就像鴨媽媽和小鴨，前者目不轉睛地守著孩子，後者則淘氣地四處亂跑。

　　哈維和阿丹共同乘坐一艘平底船，向壯觀的小船堆擠過去。他們的耳邊不時傳來各地的方言，那些人的談話聲使得還不熟悉環境的哈維感到相當煩躁、腦袋裡嗡嗡作響。

　　普拉德彷彿是個英勇的海軍將領，神氣地率領哈維和阿丹，在船堆裡擠來擠去。他們才剛停妥不久，四周的海面忽然變得黑壓壓一片。沒過多久，千萬條銀白色的毛鱗魚躍出水面，然後又迅速落回水裡。在魚群身後不遠處，鱈魚們也像放煙火似地一躍而起，追逐牠們愛吃的毛鱗魚。接著，又有三、四隻灰鯨埋伏在鱈魚後方，打算將牠們全吞下肚。

　　大家見狀，紛紛急忙起錨，將船划到魚群當中。大夥兒為了美味的獵物爭得你死我活，海面頓時成了一鍋沸騰的開水。沒多久，所有的魚都游開了。五分鐘後，除了船錨落到海裡的聲音，以及人們用木槌敲擊戰利品的聲音之外，整個海域就沒有其他聲響了。

　　其實，剛才的混亂裡引起了不少紛爭，因為小船一多，就容易發生釣魚線糾纏在一起的情形。哈維不僅為此和一名溫和的紐芬蘭人辯論，還與一位暴躁的葡萄牙人起了口角。

　　除了魚線外，更糟糕的是放在水面下的錨具，因為每個人都認為自己把錨下在最安全的地方，然後在這附近打魚，等到魚變少了，打算換個水域時，才發現水面下的錨具和鄰居的纏繞在一起了。雖然割斷別人的錨索是非常不道德的行為，但在情況急迫之下，還是有許多人會暗中動手腳。

　　那天，普拉德就親眼目睹一位來自緬因州的男子，正準

備砍斷他的錨索。他一個箭步衝上前，掄起大槳朝那人打下去；曼紐爾也遭遇了同樣的情形，平時溫和的他也狠狠教訓了對方一番；不過，哈維和阿丹就沒有那麼機靈了，他們的錨索不幸遭人割斷，無法停泊捕魚，只好臨時把小船當作運輸船，來來回回替大家把戰利品運回「在這兒號」。

傍晚時，毛鱗魚群再次席捲而來，導致白天的混亂又重演了一次。直到夜幕低垂，大夥兒才回到「在這兒號」。他們一吃完晚餐，立刻藉著昏黃的燈光，馬不停蹄地破魚。由於這天捉到的魚實在太多，因此最後，所有的人都累得趴在魚堆中睡著了。

隔天，有幾艘小船到聖母礁附近的海面去打魚，哈維也興致勃勃地跟著去。在那裡，他清楚地看見那塊離水面不到二十英尺的礁石。它的上面長滿了濃密的海草，白色的鱈魚像一支訓練有素的軍隊，成群結隊地在海草裡游動。

岩礁頂端附近的波浪由於受到了阻力，因此相當澎湃洶湧，經常轟地一聲，掀起驚天動地的浪花，然後迅速四散奔騰、猛烈迴旋，形成一幅十分壯觀的畫面。平底船只能遠遠觀看，免得被捲進可怕的漩渦裡。

第二天早晨，哈維發現海面上忽然變得波濤洶湧、狂風大作，一艘平底船的影子也看不見。到了十點鐘，「太陽眼號」見海面逐漸平靜下來，於是放下小船出海捕魚。其他漁船見狀，也紛紛跟著效仿。轉眼間，海面又變得熱鬧非凡。

不過，狄斯科吩咐大夥兒留在大船上破魚，因為他看見天空的雲層很低，認為暴風雨很有可能會來襲，所以叫大家還是小心為妙。

到了傍晚，暴風雨真的來了。正在海面上作業的平底船走避不及，只能趕緊向附近的大船發出求救訊號。哈維和阿丹提著油燈，站在小船的索具旁邊，替大家照明；大人們則

忙著做救人的準備。

　　黑暗中，不斷傳來一陣一陣的呼救聲。「在這兒號」的船員連拉帶拖地救起一個渾身濕漉漉的人，以及那人的小漁船。沒多久，他們的甲板上就堆滿了平底船，船艙裡的床鋪也睡滿了人。

　　在這次驚心動魄的搜救過程中，有艘平底船被海浪打成碎片，船上的人被巨浪高高抬起，頭下腳上地摔到「在這兒號」的甲板上，當場頭破血流；還有一個人在混亂中摔斷一條手臂，自己掙扎著爬上大船。

　　這一場暴風雨中，不僅有許多人受傷，還有三個人不幸溺斃，其中一位死者就是曾和「在這兒號」做過菸草交易的法國船船員。

　　一天早晨，那艘法國船揚起船帆，悄悄地來到一個杳無人煙的水域，替他們的夥伴舉行海葬。哈維透過狄斯科的望遠鏡，看見他們不捨地把一個橢圓形的布袋扔到船舷外面。

　　後來，普拉德到那艘法國船去表示慰問。回來後，他說那些船員打算拍賣死者生前遺留下來的物品，因為那人已經沒有任何親人了。哈維和阿丹想去那裡湊熱鬧，於是划著小船出發了。雖然他們抵達時，拍賣會已經接近尾聲，不過阿丹還是幸運地買到了一把刀柄精美的小刀。

　　回程時，天空忽然下起綿綿細雨，白霧也逐漸圍攏他們的小船，不到十分鐘，兩人就已經看不清四周的景色了。

　　「在霧裡橫衝直撞太危險了。」阿丹冷靜地說道：「哈維，你把錨放下去，我們先在這裡捕魚，等霧散開後再繼續航行。」

　　哈維見浪潮洶湧，於是挑了一個最重的墜子當錨，然後拉起衣領抵擋寒氣，專心地垂釣。他的動作俐落，彷彿是個經驗老到的船員。這片海域的鱈魚似乎餓壞了，才一會兒工

夫，他們就已經收了好幾次魚線。阿丹趁著空檔把玩新買的小刀，還在船板上劃了幾刀，試試刀鋒的銳利程度。

「這把刀真好！」哈維讚嘆：「他們怎麼捨得賤價出清呢？」

「因為那些法國佬認為只要拿了死者的東西，那個人的鬼魂就會找上門。」阿丹一邊揮舞小刀，一邊說。

「你不害怕嗎？」

「不怕！我才不相信這個世界上有鬼。況且，人除了努力工作之外，也要懂得把握機會，否則你永遠也得不到想要的東西。」

哈維聽了這番話之後，忍不住對阿丹說：「你可以把這把刀轉賣給我嗎？我願意用兩倍的價錢來向你購買。」

「你真的喜歡這把刀？」阿丹興奮地說：「老實說，我一開始就打算把它送給你，但是我怕你不喜歡，所以一直不敢開口。唔，這把刀是你的了。哈維，我們要做一輩子的好朋友喔！」

「可是，我不能平白無故……」

「別再說了，趕緊收下吧！」

「阿丹，你真好！」哈維感動地說：「我一定會好好愛惜它的。」

「這樣才對嘛！」阿丹高興地哈哈大笑，緊接著突然緊張地大叫：「你的魚線繃得好緊，看來是釣到大傢伙啦！」

哈維拉了拉魚線，發現卡得很緊，於是先把腰帶繫好，再用掛鉤把身體扣在坐板上，然後使勁去拉，可是它仍舊紋風不動。

「真是奇怪！」哈維狐疑地說：「這附近的海底都是沙地，沒有海草，釣鉤不可能被卡住呀！」

阿丹伸手拉了一下魚線，然後說：「若是碰上比目魚不

想游動的時候，也可能發生這種情形。我們倆合力把牠拉上來吧！」

兩個孩子一起動手，每拉回一段魚線，就順勢將它綁在繫索柱上，免得獵物等一下掙扎時，繩索又滑進水裡。過了一會兒，水面下的重物緩緩被拉上來了。原本相當興奮的阿丹，突然發出淒厲的慘叫，原來浮出水面的不是大比目魚，而是那位法國船員的屍體！牠的腋下卡著魚鉤，頭和肩膀露出水面，原本緊纏的白布條散了開來，在海面上漂啊漂，模樣看起來非常嚇人。

「我的天啊！」阿丹慌張地大喊：「牠一定是來要那把刀子的！哈維，快把小刀扔出去！」

「還給你，我不要刀子了！」哈維一邊哭喊，一邊解開腰帶上的掛鉤，然後顫抖地將小刀扔進海裡。

哈維害怕地瞄了那個屍體一眼，小聲地說：「阿丹，牠還卡在魚鉤上，可是我不敢解開。」

阿丹立刻抽出自己的小刀，割斷魚線，只見那具屍體撲通一聲沉了下去。兩個孩子面面相覷，臉色相當慘白。

「我真不應該不信邪。」阿丹喃喃自語地說。

「不過，我認為牠應該是被海流帶來這裡的。」哈維想了想，冷靜地分析道：「跟法國佬的迷信沒有什麼關係。」

「牠一定是來要刀子的！」阿丹肯定地說：「牠下葬的地方離這裡有十幾英里遠，況且普拉德說，當時牠的身上綁了一條非常重的鐵鍊，所以牠怎麼可能漂到這裡來呢？」

哈維愈想愈害怕，連忙將船裡的魚扔進海裡。

「喂，你在做什麼？」

「我要把這些不吉利的魚統統扔掉。」

「為什麼？反正我們又不吃這些魚。」

「我不管！一看到這些魚，我就會想到那具濕淋淋的屍

體。如果你不介意，那就把你的戰利品留下來吧！」

阿丹聽完後默不作聲，也把他的魚統統丟掉了。

「哈維，把你旁邊的號角遞過來，我通知普拉德來接我們回去。」

沒想到，阿丹接過號角後，卻遲遲不吹響。

「趕緊吹吧！我不想在這裡過夜。」哈維忍不住說。

「不是我不吹，我是怕被『祂』聽見。很久之前，有個船員曾告訴我，他以前的船長在一次酒醉時，不小心淹死了一個小孩。後來，他們只要一吹號角，那個小孩的鬼魂就會一邊划著小船，一邊大喊：『平底船！平底船！』」

這時，濃霧裡忽然傳來一陣悠悠的喊聲：「平底船！平底船！」

阿丹嚇得目瞪口呆，號角從他的手裡滑落下來；哈維則害怕地縮在船底，瑟瑟發抖。

過了一會兒，哈維冷靜下來後覺得聲音有些耳熟，說：「那好像是廚師的聲音！」

阿丹連忙豎起耳朵仔細聆聽，果然聽見廚師在焦急地喊著：「阿丹，哈維，你們在哪裡啊？阿丹，哈維……」

「我們在這裡！」兩個孩子齊聲大喊。

接著，他們聽見船槳划動的聲音。沒多久，兩人就看見廚師的身影從白茫茫的濃霧裡鑽了出來。

「發生什麼事了？你們回去後，鐵定會被痛罵一頓。」

「我寧願挨罵，也不要繼續待在這裡。」阿丹連忙將事情的經過一字不漏地告訴廚師。

沒想到，廚師聽完後斬釘截鐵地說：「沒錯，他是來要刀子的。」

回到「在這兒號」後，兩個孩子頓時覺得這艘船是世界上最溫暖的地方，連狄斯科的嘮叨聲都像天使的歌聲呢！

我們有四千萬失敗的理由，
但沒有一個藉口。

We have forty million reasons for failure,

but not a single excuse.

魯德亞德・吉卜林

Rudyard Kipling

第八章　滿載而歸

　　接下來的日子天氣晴朗，每艘漁船都急著大展身手，想贏得第一個離開聖母礁的光榮頭銜。經過幾天的明爭暗鬥，最後只剩下「在這兒號」和「裴利號」競爭。所有的船隊都知道這兩艘船的進度不分軒輊，因此紛紛興致勃勃地用菸草下賭注，猜測誰會最早滿載而歸。

　　「在這兒號」動員了所有人來打魚和破魚，他們從黎明前便開始埋頭苦幹，一直做到夜色漆黑、累到眼皮再也睜不開，才停下手邊的工作。狄斯科甚至叫廚師幫忙叉魚，改派哈維到儲藏室遞鹽巴，讓阿丹加入破魚的行列。

　　幸運的是，「裴利號」上的一個船員不小心從桅杆上摔下來，扭傷了腳踝，無法工作，讓「在這兒號」瞬間大幅領先。哈維覺得船艙裡已經滿的再也容不下一條魚了，然而狄斯科和普拉德東挪西移，總是有辦法騰出空間。

　　這幾日，狄斯科總說再一天，工作就全部結束了。然而船員們每天起床，還是有處理不完的漁獲。

　　這樣的生活持續了好幾日，終於在某一天早晨，狄斯科連滾帶爬地從船尾的儲藏室拖出一面大主帆。到了中午，船員將碇泊帆卸下來，升起那面大主帆和頂帆。小漁船們見狀紛紛划過來，用羨慕和嫉妒的眼神看著「在這兒號」，並託他們帶家書回去給妻兒。

　　下午，大夥兒將「在這兒號」的甲板、釣具和平底船清洗乾淨後，狄斯科神氣地升起船旗，宣示他們是第一艘離開聖母礁的漁船！

　　阿丹彈著手風琴，普拉德拉著小提琴，情緒激昂地為大家在鹽巴用盡時才能唱的歌伴奏：

嘿！嘿！嘿唷！快把你的信送來！
我們的鹽用光了，即將快樂地啟航！
繫緊纜繩啊！
我們即將帶著十五萬公斤重的魚，
以及花花綠綠的鈔票，
光榮地回家！

「在這兒號」一邊演奏，一邊在船隊中穿梭。船頭的主帆迎風輕輕擺動，彷彿在向其他船員揮手道別。最後，大船終於駛離那片冰冷的海域，朝著家鄉快速前進。

沒多久，哈維就發現「在這兒號」不再像之前那樣張著碇泊帆，慢吞吞地從這個地方開到另一個地方停泊了。現在的大船在無論何時都卯足全力往前衝刺，簡直就像是個歸心似箭的孩子。哈維感受到船艙裡的貨物朝海浪撲過去的沉重力量，也覺得船身兩側激起的浪花令他頭暈目眩。

一路上，狄斯科都忙著指揮船員調整纜索，使船帆兜滿風。碰上沒有風的時候，阿丹就得待在主桅杆上，隨時準備改變那面主帆的迎風方向。此外，大家只要一有空，就會忙著用幫浦把貨艙裡的鹽水抽出去，免得影響貨物的品質。

回程的路途中，哈維開始用另一種心情來欣賞大海。沉重的貨物使得「在這兒號」吃水深，低低的船舷和四周的海浪幾乎呈水平線，只有當它被衝上高高的浪尖時，才能看見一點地平線。哈維發覺自己深深愛上討海的生活，他每天都站在甲板上忘我地看著海上的景色，要不是夜晚的海風冷得刺骨，他還真捨不得進去船艙裡睡覺呢！

不過，他最喜歡的還是和阿丹一起駕駛「在這兒號」，並由普拉德在一旁協助指揮。看著漁船在自己的操控下全速前進，讓哈維的內心有股說不出的感動與自豪。他真想讓父

母看見這一幕，使他們引以為傲。

有一天，阿丹對哈維說：「『在這兒號』就快靠岸囉！我想，在你家人來接你之前，你還得和我們待一陣子。回到陸地後，你最想要做什麼事？」

「洗熱水澡！」哈維興奮地說。

「這個主意的確不錯，不過，我還是最想要穿上舒服柔軟的睡衣。從我們掛帆出航以來，我每天都會夢見睡衣！哈維，我們終於要回家啦！說不定我們能夠趕回家享用香噴噴的晚餐呢！」

船帆隨著風起舞，在潮濕的空氣中搖擺。「在這兒號」駛入了平靜的水域，湛藍的海面上映照著動人的月光。忽然間，天空下起一場磅礡大雨，雨滴落在堅硬的甲板上，發出劈里啪啦的聲響。大雨結束後，哈維和阿丹光著腳丫，捲起袖子，悠閒地躺在甲板上，討論上岸後要吃什麼美食。

這時候，有一艘來自格洛斯特的漁船迎面駛來，船頭的甲板上站著一個人。他揮舞手裡的魚叉，興高采烈地大喊：「你們平安回來啦！狄斯科，魚販們都在等著你呢！」

狄斯科也高興地向他揮手致意，不久，兩艘漁船的距離就愈來愈遠了。黑暗中，幾點宛若星星的燈光在風裡閃爍。這些燈火愈來愈清晰，體積也不斷地擴大。原來，那些燈光所在的位置就是陸地。

狄斯科駕駛著「在這兒號」，朝碼頭直直開去。值班的領航員見狀，連忙指揮他繞過停泊在那裡的拖船。哈維的心臟跳得飛快，感覺他所經歷的一切簡直就像是在做夢一樣。他聞到大雨後的泥土味，也聽到一艘輪船開往貨運碼頭的聲音。接著，有人朝他們丟來一條粗繩子，大家趕緊把繩子牢牢綁在繫索柱上，「在這兒號」才終於安穩地停泊在碼頭。

每位船員的親朋好友一等漁船靠岸，立刻爬上來抱住朝

思暮想的打魚人。大家熱絡地交談，場面十分溫馨。過了一會兒，一位高大的婦人爬上船，捧住阿丹的臉頰，一連親了好幾下。原來，她就是阿丹的母親。哈維一個人靠著舵輪坐下來，眼淚忍不住奪眶而出。此時此刻，他覺得自己彷彿是全天下最孤單、最無助的孩子。

阿丹看到好友如此難過，連忙邀請他與自己的家人一同回家。阿丹的母親從丈夫那裡得知了哈維的遭遇，並感到十分同情。她熱情地將哈維摟在懷裡，希望這樣能夠帶給他一點溫暖。

大夥兒回到家後已經是黎明時分，此時電報局尚未開門營業，哈維只好焦躁不安地暫住在好友的家裡。

第二天，有幾位魚販來看貨，但就是不肯按照狄斯科開出的價格收購。不過根據以往的經驗，那些人不用三天就會放下身段、照單全收，因此他不僅不急著做買賣，還大方地給船員們放幾天假。

所有人都樂不可支，一點也不想錯過玩樂的好機會。賈隆和普拉德到街上兜風；曼紐爾到教堂做禮拜；阿丹和哈維搭乘電車，來到格洛斯特的東區玩耍。在海邊的燈塔下，哈維將剛才發出去的電報，大聲地念給阿丹聽。

「哈！這下子我父親糗大啦！他總是說自己的判斷不會錯，但這次就錯得一塌糊塗！我等不及要看到他錯愕的表情了！」阿丹賊笑著說：「哈維，你暫時不要將這件事告訴其他人，就把它當作我們倆之間的祕密吧！」

哈維微笑地點點頭，難得能開一次狄斯科的玩笑，他當然非常樂意配合。不過，他在內心偷偷祈禱，希望狄斯科知道真相後，不要惱羞成怒才好。

從那一天起，阿丹和哈維就經常湊在一起說悄悄話，就連吃飯時也在桌子底下踢來踢去，讓狄斯科看了十分惱火。

「阿丹，你要是繼續那樣嘻皮笑臉，我一定會好好教訓你。」狄斯科不高興地說：「哈維不正常，你怎麼也跟著他瘋瘋癲癲的？」

「如果他們倆是我的孩子，我早就狠狠教訓一番了。」索爾特叔叔在一旁附和。他和賓斯法尼亞也暫住在狄斯科的家裡。

「爸爸，您怎麼還說哈維不正常呢？您就這麼不相信他說的故事嗎？」阿丹不以為然地說。

「當然！他編造的那些有錢人家的故事，只有你這種沒見過世面的孩子才會相信。」狄斯科固執地回答。

「究竟是誰的判斷正確，答案很快就會揭曉，您等著瞧吧！」阿丹非常有自信地說。

「阿丹，別說大話了，否則到時真相大白，你會像含羞草一樣羞愧得連頭也抬不起來。」索爾特叔叔說：「如果他家真的像他說得那麼有錢，怎麼到現在連一點消息也沒有？我看你還是好好睡個覺，讓腦袋清醒一點吧！」

另一方面，雖然約翰・伽尼這位千萬富翁因為失去兒子傷心不已，但他還是得繼續處理手上的繁瑣工作，以確保公司能夠順利營運。

幾個月前，他曾去東部探望過幾乎崩潰的妻子。他請了許多名醫和訓練有素的護士來照顧她，可是病情仍舊毫無起色。他的妻子整日臥病在床，她只要一睜開眼睛，就會一邊流淚，一邊訴說自己有多麼想念她的心肝寶貝。

老伽尼見狀悲慟不已，忍不住一邊流著眼淚，一邊喃喃自語：「這樣活著還有什麼意思？」

他曾經把希望寄託在兒子身上，期盼他大學畢業後，能夠接下他苦心經營的龐大家產。平時因為工作忙碌，幾乎沒有什麼時間陪伴兒子，因此他巴不得兒子快點長大，好成為

他事業上的夥伴和朋友。要是父子倆共同攜手經營，公司一定能有更好的發展。如今他的兒子在海上失蹤了，妻子也因為絕望而奄奄一息，所有的冀望都將成為泡影。

這天，老伽尼坐在辦公室裡，無精打采地看著員工們埋頭苦幹，心裡正在為木材廠工人要求加薪，以及其他家鐵路公司搶生意的問題煩惱。以前的他通常會鬥志激昂地接受所有挑戰，可是失去孩子的他已經對這些事情提不起興致。他有氣無力地坐著，時而盯著自己的皮鞋，時而望著窗外的輪船出神地想著什麼。

突然，祕書停下手邊的工作，臉色蒼白地遞給老伽尼一封電報：

親愛的父親，

　　我落水以後，幸運地被雙桅船「在這兒號」救起，並隨著他們一起出海捕魚。我現在住在船長狄斯科位於格洛斯特市的家，一切都很好。請寄錢過來，或是發電報告訴我接下來該怎麼做。母親還好嗎？

哈維．伽尼

電報從老伽尼的手中掉落，他把頭靠在辦公桌上，激動地喘著氣。等祕書慌張地帶著醫生走進辦公室時，他已經恢復精神，在房間內來回踱步。緊接著，他將視線移到祕書身上，冷靜地吩咐：「立刻調一列私人專車來這裡，並告訴他們準備直開波士頓！對了，現在馬上把我的妻子帶過來！」

星期日清晨，一列私人列車隆隆地駛出聖地牙哥。車上坐著老伽尼和他的妻子，以及能幹的祕書和夫人的女僕。這輛火車飛也似地經過了一站又一站，經過了加利福尼亞州的

荒野，鑽過了新墨西哥州的大隧道。他們經過道奇市的車站時，有人丟了一份報紙給老伽尼，上面刊登著一篇哈維被採訪的報導。全美國的人都在關注這件事，並紛紛為這輛列車加油打氣。

　　火車繼續快速奔馳，經過八十七小時又三十五分鐘，也就是三天零十五個小時又三十五分鐘之後，他們終於風塵僕僕地到達波士頓。此時，哈維正在車站裡等待他們。

　　哈維一上車就開始享用美味的餐點，他一邊咀嚼，一邊滔滔不絕地說著這幾個月以來的生活。伽尼夫人緊緊握著寶貝兒子的手，深怕再度失去他的音訊。

　　哈維的手掌變得粗糙，手腕上還有許多零星的疤痕，橡膠長靴和藍色針織衫上散發著濃厚的鱈魚味。現在的他目光清澈、口齒清晰，態度十分成熟穩重，與之前那個成天只知道調皮搗蛋的孩子天差地別。

　　「有人把他制伏了。」老伽尼一眼就看出兒子的變化，他心想：「恐怕到歐洲學習，也不會有如此出色的效果。」

　　「你為什麼不叫狄斯科馬上把你送回來？」伽尼夫人心疼地問。

　　「我有說過，可是他認為我發瘋了，完全不相信我說的話。而且我還誣賴他是小偷，因為我口袋裡的錢全都不翼而飛了。」

　　「那天晚上，有個水手在欄杆處撿到你那疊零用錢。」伽尼夫人回想起當時的記憶，忍不住哭了起來。

　　「那麼事情就全都弄清楚了。唉，是我不好，隨便冤枉別人，才會吃他一記耳光，流了好多鼻血。」

　　「他居然打你了？我這就去找他理論！」伽尼夫人生氣地說。

　　「事情沒有您想得那麼糟糕啦！多虧了他那一拳，否則

我現在可能還在迷迷糊糊地過日子呢！」

老伽尼拍了一下大腿，格格笑了起來。他覺得眼前的這個男孩，才是他心目中可以與他在業界闖蕩的好兒子。

「狄斯科一個月給我十美元的工錢，讓我跟著他的兒子阿丹幹活。我現在可以獨自駕駛平底船出海捕魚，也能夠掌舵開大船。我還可以俐落地為流釣魚鉤穿餌，也知道船上每一根纜索的用處。對了，有機會的話，我來為你們示範一次怎麼用魚皮把灑在桌上的咖啡擦乾淨吧！噢，我還想再喝杯咖啡！爸爸、媽媽，你們恐怕無法想像我為了這十美元，得做多少工作吧！」

「孩子，我剛開始工作的時候，一個月的薪水只有八美元呢！」老伽尼格格笑著說。

「真的嗎？我怎麼從未聽您說過？」哈維驚訝地問。

「那是因為你從來沒問過我呀！如果你想知道更多有關我工作上的事，我會利用這幾天的假期好好說給你聽。」老伽尼微笑著說。

「狄斯科說，一個人能夠每天都吃到美味的佳餚，就是最幸福的事情了。我們大船上的廚師手藝很好，大家都被他餵得很飽。此外，我和狄斯科的兒子阿丹成為非常要好的朋友，只有他願意相信我說的話。狄斯科還有個弟弟叫做索爾特，他總是喜歡和別人分享有關綠肥的觀念，而且到現在還覺得我是個瘋子。」

「其實，我們的另一個船員賓斯法尼亞才真的瘋了呢！你們見到他，千萬別和他提到關於詹斯鎮或洪水的事情，免得勾起他不好的回憶。噢，你們還得見見普拉德、賈隆和曼紐爾。我落水那天，就是被曼紐爾救起來的。他是個性格溫和的葡萄牙人，也是一位了不起的音樂家。」

「我還擔心你會精神崩潰呢！」伽尼夫人心疼地說。

「怎麼會呢？我每天都過得非常充實，早上起床都覺得神清氣爽呢！」哈維愉快地說。

伽尼夫人見哈維如此健康活潑，就安心地先起身回包廂休息了。連續做了好幾個月的惡夢之後，她終於能夠好好地睡一覺了。

「哈維，聽你這麼說，與你工作的那些夥伴似乎都是好人。你放心，我一定會竭盡全力地報答他們的。」

「他們是所有船隊裡最好的人！不信的話，您去格洛斯特打聽看看就知道了。」哈維說：「爸爸，您能請人把火車開到格洛斯特去嗎？明天我們得把船上的漁貨全部卸下來，因為魚販們都爭相搶著要購買。我告訴您，我們可是第一艘離開聖母礁的漁船呢！」

「你是說，你明天還得去工作？」老伽尼驚訝地問。

「沒錯，我已經答應狄斯科了。我負責過磅，而且帳本還在我這裡呢！」哈維神氣地舉著那個油膩膩的筆記本，逗得父親哈哈大笑。

「找個人代替你吧！」老伽尼故意這麼說，他想聽聽看兒子怎麼回答。

「不行。既然我負責管理漁船的帳目，我就不能夠把這件事情推給別人。況且，狄斯科說我在數字這方面比其他船員還要在行。」

「假如我們無法準時抵達格洛斯特，你要怎麼辦？」

哈維看了一眼時鐘，現在是晚上八點十一分。

「那我就在這裡睡到隔天清晨三點，然後再搭乘四點鐘的貨運列車回去。據我所知，他們不收漁夫車錢，所以我可以免費坐車到格洛斯特。」

「那倒是個好辦法。好了，你快去睡吧，我保證明天我們一定會準時抵達目的地。」老伽尼慈祥地說。

哈維脫下腳上的靴子，躺在沙發上，不一會兒，就進入了甜甜的夢鄉。老伽尼望著兒子的臉龐，突然意識到自己或許從來都沒有盡到做父親的責任。

　　他喃喃自語地說：「不管我怎麼做，都無法報答狄斯科的恩情。」

第九章　預言實現

　　隔天早上，清新的海風吹進窗口，老伽尼的私人列車順利抵達格洛斯特，停在許多貨運列車之間。哈維已經神采奕奕地去工作了。

　　「哈維這次不會又掉進海裡吧？」伽尼夫人擔憂地說。

　　「不會的，你要是不放心，我們可以帶一條繩子過去。萬一發生意外，我們再趕緊扔給他，拉他一把。」

　　他們走下列車，穿過街道，來到了碼頭。「在這兒號」的船身高高地露在水面上，狄斯科在聖母礁掛上的旗幟依然在桅杆上迎風飄揚。現在，全船的人都忙得焦頭爛額。

　　狄斯科站在主艙門旁邊，指揮曼紐爾、賓斯法尼亞和索爾特叔叔收滑車；阿丹、賈隆和普拉德則負責把魚裝進竹簍裡；哈維拿著帳本，與一位過磅員站在滿地鹽粒的碼頭上。

　　「預備！」過磅員大喊。

　　「拉！」狄斯科命令。

　　「嘿！」曼紐爾大叫一聲。

　　「來了！」阿丹一邊說，一邊推著竹簍。

　　接著，大家聽見哈維高聲地報出貨物的重量。

　　清點完最後的漁獲後，哈維抓住一根吊索，一下子就躍上離他有六英尺遠的繩梯。他將帳本交給狄斯科，大聲說：「兩萬九千七百公斤，船艙清空！」

　　「哈維，這次的漁獲總數是多少？」狄斯科問。

　　「八萬六千五百公斤，收入總共是三千六百七十六元二角五分。」

　　「你願不願意再跑一趟，替我跟魚行老闆結帳？」

　　「當然沒問題！」哈維一口答應後，立刻跟著魚行老闆離開。

這時，老伽尼來到阿丹身旁，故意問他：「那個孩子是誰？」

「他是我們的工作夥伴。」阿丹驕傲地說：「某天，他不小心從郵輪上落到海裡，結果被我們救了起來，後來就隨著大家出海捕魚。」

「他做得好嗎？」

「非常好！不過，詳情還是讓我父親親自告訴您吧！」阿丹說完後，轉頭朝船上大喊：「爸爸，有人對哈維的事有興趣！」

「請他們上來！」狄斯科大喊。

伽尼夫婦沿著梯子，來到船艙內。

「你們對哈維那孩子有興趣？」狄斯科問。

「是的。」老伽尼冷靜地回答。

「他是個好孩子，領悟力也高，任何事情都做得又快又好。你們應該聽說了我們發現他的經過吧？當時他可能因為頭部碰撞，有輕微腦震盪的現象，所以總是會說一些奇怪的話。不過，他現在已經完全康復了。」

其實，阿丹早就從哈維那裡得知他的父母要來拜訪。他興奮地把耳朵貼在門板上，偷聽父親和他們的談話。

這時，他看見賈隆等人正朝這裡走來，於是連忙小聲地說：「哈維的父母來了！我父親不知道他們的身分，正在裡面與他們談話。他們的服飾看起來非常高級呢！」

「天啊！」賈隆叫了一聲：「所以哈維說的那些故事都是真的囉？難道他的故事中，那位擁有小馬車的朋友其實就是他自己嗎？」

「沒錯！走，我們進去看看我父親錯愕的樣子吧！」

當他們走進船艙時，正好聽見老伽尼說：「謝謝你們這陣子對他的照顧，我是他的父親約翰‧伽尼。」

　　狄斯科嚇得目瞪口呆，不敢置信地看著伽尼夫婦。

　　「四天前，我們接到哈維的電報，就立刻從舊金山趕過來了。」

　　「只花四天的時間就抵達這裡？這怎麼可能？橫越那麼多座城市至少也得耗費一個星期。」狄斯科狐疑地說。

　　「爸爸，他們是搭乘自家鐵路公司開的私人列車來的，當然可以不眠不休地趕路囉！」阿丹插嘴說，臉上掛著得意的微笑。

　　「哈維曾說他有一輛四匹小馬拉的馬車，這件事也是真的囉？」賈隆再一次提出他的疑問。

　　「以前我們住在托雷多市的時候，哈維確實有一輛小馬車。」伽尼夫人和藹可親地回答。

　　過了一會兒，狄斯科紅著臉，結結巴巴地說：「是我判斷……錯了，而且錯得十分離譜。我不相信一個孩子每個月有兩百美元的零用錢，所以直覺認為他一定是在落海時，把腦袋摔壞了……我真的感到非常抱歉！哈維有和你們提到其他事情嗎？」

　　「他全都告訴我們了，還說您在他剛被救上來時，打了他一個耳光。」老伽尼說。

　　「噢，因為他當時實在太不可理喻，我一怒之下，就忍不住……」

　　「船長，您那巴掌打得很對，也完全把他打醒了。老實說，我看到哈維有如此巨大的改變，心裡感到十分欣慰。」

　　狄斯科聽老伽尼這麼說，才稍微鬆了一口氣。

　　在兩位男人交談的期間，伽尼夫人一直在打量船上的每一個人：狄斯科那張沒有鬍子的臉孔上，帶著剛毅的神情；索爾特叔叔的身軀圓滾滾的，表情十分錯愕；賓斯法尼亞外表質樸，看起來不諳世事；曼紐爾的臉上掛著溫和的微笑；

賈隆身材健壯，笑得合不攏嘴；普拉德的臉上有一道可怕的傷疤。她發現雖然這些人的看起來舉止粗野，實際上為人坦率、毫無心機。

「各位，麻煩你們自我介紹一下好嗎？你們救了哈維，又教會他做人處事的道理，所以我想好好感謝你們。」伽尼夫人紅著眼眶說。

狄斯科正式將所有船員介紹給伽尼夫婦。伽尼夫人每聽到一個名字，就點頭微笑。當她聽到曼紐爾的名字時，連忙衝上前緊緊握住他的手，不停道謝。

「夫人，請別客氣。」曼紐爾不知所措地說：「我相信換作是您，也絕對不會對落水的人見死不救。」

「你一定就是阿丹，對不對？哈維告訴我，你是他最好的朋友！」不等狄斯科介紹，伽尼夫人已經上前摟住阿丹，並在他的臉頰親了一下。被高貴的夫人這麼一親，阿丹害羞地低下頭，臉紅得像一顆番茄。

後來，大夥兒帶領伽尼夫人參觀船艙，看看哈維睡覺的床鋪。經過廚房時，她看見廚師正在清洗碗盤。廚師微笑地朝她點點頭，一點兒也不感到驚訝，彷彿他早就料到今天會和她見面。大家爭先恐後地將船上的生活告訴伽尼夫人，她坐在船艙的床鋪上，笑得合不攏嘴。

「我回來了！」哈維大叫一聲，然後爬上漁船。

「哈維，我錯了！」狄斯科連忙舉起一隻手，連珠炮似地說：「我承認我這次的判斷錯了，希望你能原諒我。」

「過去的事就別再提啦！」哈維笑著說。

「你要回西部了嗎？」

「沒錯，但是我要拿到剩下的薪水才願意離開。」

「噢，我差點把這件事情給忘了！」狄斯科當場付清工資後，對他說：「哈維，你做得很好，簡直就像從小就生長

在……」狄斯科說到這裡，突然不知道該怎麼接下去。

「在私人列車裡。」阿丹忍不住調侃。

大夥兒一聽，紛紛捧著肚子哈哈大笑。

「走，我帶你們去看看那輛私人列車！」哈維挽著母親的手，帶領大家朝車站走去，老伽尼則留下來和狄斯科單獨談話。

兩個男人坐在船艙裡，一邊抽著雪茄，一邊想著心事。尤其是老伽尼，他明白狄斯科給兒子帶來的改變，是絕對無法用金錢來衡量的，因此他打算時機出現時，再向狄斯科說出自己的主意。

「其實，我並沒有為您的孩子做什麼，只是讓他努力工作罷了，您實在不用那麼客氣。」狄斯科不好意思地說。

「這正是他最欠缺的。這些年，我為了事業到處奔波，疏於管教孩子，所以他才會被我的妻子寵壞。」

「哈維的資質不錯，也很有數字概念，阿丹在這方面遠遠比不上他。」

「那麼，您對阿丹的未來有什麼打算？」老伽尼見機會來了，連忙詢問。

「讓他繼續從事這一行吧！他很喜歡大海，也適合在海上討生活。等到我老得動不了的時候，就讓他接手『在這兒號』。」

「您願意讓他學習駕駛新式輪船的技術嗎？」

「咦，您不是從事和鐵路有關的工作嗎？」

「今年夏天，我收購了『藍泡沫輪船運輸公司』和『麥奎德海運公司』，所以現在手上有六艘快輪定期在舊金山和日本橫濱往來航行。」

狄斯科一聽，不敢置信地瞪大雙眼。過了一會兒，他才緩緩開口：「我的親戚菲爾就在『藍泡沫輪船運輸公司』裡

工作，他說那些船造得好極了。」

「菲爾表現得很好，已經升遷為船長了。我想知道，您是否願意把阿丹交給我一、兩年，讓他跟著菲爾學習？」

「可是阿丹他什麼都不懂，雖然他現在能夠輕而易舉地駕駛『在這兒號』，但新式輪船牽涉到許多需要計算的航海知識，我擔心他可能無法勝任。」

「菲爾會有辦法的。不如我先讓阿丹出航幾次，如果他有興趣，再讓他去學校學習有關新式輪船的專門知識，您覺得如何？」

「好吧！不過，我還得回家和妻子商量。」

阿丹的母親原先不同意，因為她認為海上生活太過危險了，所以想要阿丹去學做生意。可是，她禁不住老伽尼的一再保證，加上狄斯科說阿丹可能也不願意放棄這一行，才終於勉為其難地答應。

阿丹回來後聽到這個消息，開心得手舞足蹈，不停對老伽尼道謝。

另一方面，伽尼夫人將曼紐爾拉到一旁，想私下塞給他一些錢，感謝他救了自己的寶貝兒子。可是曼紐爾堅持不肯收下，最後他被逼急了，只好對伽尼夫人說：「好吧，如果您一定要給我錢，那就得照我的方法。」

他把伽尼夫人介紹給一位葡萄牙籍牧師認識，並請牧師提供一份家境貧困的寡婦名單，打算用那筆答謝他的錢來資助她們。伽尼夫人深深地被曼紐爾的高尚人格感動，因此另外捐贈了一大筆錢。

「現在，我可以好好地休息囉！」曼紐爾愉快地說。

索爾特叔叔擔心那位千萬富翁會傷害不諳世事的賓斯法尼亞，因此在伽尼夫婦抵達的第三天，就帶著他離開了。他們沒有留下地址，誰也不清楚他們究竟去了什麼地方。

不過，那位沉默寡言的廚師卻有驚人之舉。他收拾好行李，執意要搭上私人列車，說他往後要跟從哈維。列車長和他爭論不休，最後只好將此事稟報給老伽尼。老伽尼聽了哈哈大笑，他認為哈維總有一天會需要貼身男僕來料理家務，況且一名心甘情願服侍的僕人，比五個花錢聘請的保鑣還要好，於是就把他留了下來。

這幾天，哈維和父親形影不離。他們並肩散步時，老伽尼還會故意擺出走不動的樣子，把手搭在兒子的肩膀上。漸漸地，哈維發現了一件他從未注意到的事情——他的父親有一種奇怪的力量，能夠使別人說出他想探聽的任何事情。

「您究竟是如何讓那些人，把所有您想知道的事情都說出來呢？」哈維不解地問。

「哈維，我這輩子和許多人打過交道，自然知道如何與人相處。」老伽尼緩緩地說：「成功的祕訣就是處處替人著想。假如你肯這麼做，別人就會把你當作自己人，然後全心全意地對待你。」

「噢，我明白了，因為『在這兒號』的船員就是這麼對待我的。」哈維搓了搓手，難過地說：「我手掌上的皮沒那麼粗了。」

「沒關係，等你讀完大學，再讓它變粗吧。」

「好吧。」哈維不情願地說。

「這樣就對了，孩子。」

「那麼，您每個月還會給我零用錢嗎？」哈維滿臉期待地問老伽尼。

「會，不過只有十美元，就和狄斯科給你的工資一樣。還有，在往後的幾年裡，你只准讀書，不許去想別的事。」

「這太難了！」哈維大叫：「假如我得讀完四年大學才能投入工作，那我寧願去替別人開遊艇。」

「孩子，你別急。」老伽尼堅持地說：「讀書就等於是商人為了做生意所投注的本錢，拿這個本錢在世界闖蕩，簡直就是如魚得水。你得在學校裡尋找志同道合的朋友，拓展自身的人脈，屆時出社會打拚，才有人能夠在背後支持你。哈維，我想，你應該不願意在你接手家族事業的時候，眼睜睜看著它關門大吉吧？你仔細考慮，明天早上再告訴我你的決定。好了，我們快點走吧！要不然會趕不上吃晚餐的！」

隔天，哈維向父親提出了條件。他一本正經地解釋說，他對鐵路、伐木工廠和採礦場都不感興趣，他最喜歡的還是有關海上的事物。因此，假如父親答應日後將今年夏天收購的輪船公司交給他管理，他就願意上大學，並且保證一定會埋首苦讀、絕不荒廢課業。除此之外，在他放寒、暑假的期間，父親得允許他隨時都可以到輪船公司觀摩。

「好，就這麼辦！」老伽尼爽快地說：「哈維，要是你在大學畢業後仍不改變主意，我就把輪船公司全權交給你，如何？」

「不行！您不能就這麼撒手不管，我還需要您做我堅強的後盾呢！狄斯科曾說：『一家人應該靠得緊緊的。』他的船員從來不會在他出事的時候，丟下他不管。」哈維激動地說。

「好，我明白了。等你接管事業後，我會適時地拉你一把。」老伽尼微笑著說：「唉呀，我們該回西部去了。我離開工作崗位這麼多天，也該回去處理公務了。老實說，我已經好久沒有像這樣好好放鬆了。」

幾天後，「在這兒號」又要出海了。哈維幫忙把船尾的纜繩從碼頭的繫索柱上解開，船員們升起船帆，將大船駛出碼頭。大家似乎有許多話想對哈維說，但最後還是沒有講出什麼感人肺腑的道別話。

　　漸漸地，「在這兒號」離碼頭愈來愈遠了。

　　「哈維，再見！雖然不知道哪天能夠再見到你，但是我會常常想念你和你的家人！」狄斯科揮著手，高聲大喊。

　　哈維紅著眼眶，目送他們離去。他目不轉睛地看著「在這兒號」，心想自己永遠也不會忘記在那艘船上度過的美好時光。

　　轉眼間，七年過去了。

　　美國西部，有個年輕人走在一條兩旁都是花園洋房的彎曲街道上。正當他在一扇雕工細緻的大鐵門前停下腳步時，一個騎著馬的年輕人迎面而來。

　　以下就是他們兩人的對話：

　　「嗨，阿丹！」

　　「好久不見，哈維！」

　　「你有什麼好消息嗎？」

　　「我現在升遷為二副了！你呢？學校生活有趣嗎？」

　　「唉，在『在這兒號』上的日子刺激多了！不過明年秋天，我就要進輪船公司上班囉！」

　　「你是說，你明年就要開始管理船隻了嗎？」

　　「沒錯！阿丹，你得把皮繃緊一點啦！」

　　「哈！我會好好領教的。」

　　哈維跳下馬，邀請阿丹進去坐坐。

　　「我正想進去，可是我怕那位廚師在家。他老是拿他以前說過的預言來尋我開心，真是讓人受不了。」

　　就在這時，廚師格格笑著走了出來，接過哈維手裡的韁繩。這些年來，他盡心盡力地伺候哈維，絕不讓別人碰他一根寒毛。

　　「唉呀，這場霧真是濃啊！」阿丹連忙轉移話題。

　　不過，那位皮膚黝黑的廚師把手搭在阿丹的肩膀上，又

開始講起了他先前的預言：「主，僕。他是主，你是僕。阿丹，你還記得我在『在這兒號』上說過的話嗎？」

「記得，我一直記在心裡。」阿丹沒好氣地說道：「不過，『在這兒號』確實是一艘了不起的漁船，我永遠也不會忘記它和我父親給我的恩惠。」

「我也是。」哈維發自內心地說。

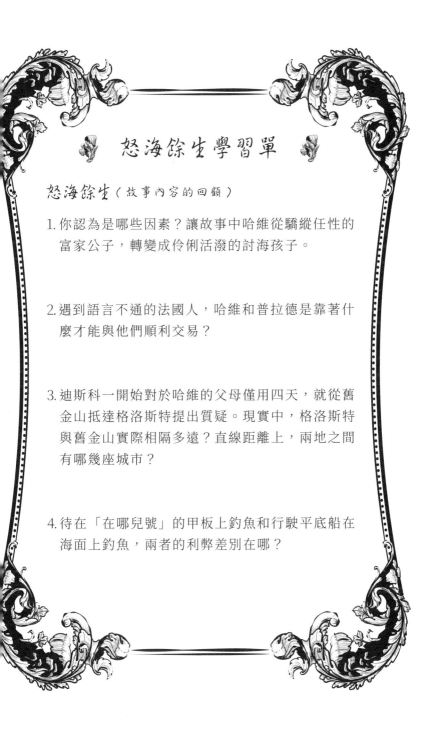

怒海餘生學習單

怒海餘生（故事內容的回顧）

1. 你認為是哪些因素？讓故事中哈維從驕縱任性的富家公子，轉變成伶俐活潑的討海孩子。

2. 遇到語言不通的法國人，哈維和普拉德是靠著什麼才能與他們順利交易？

3. 迪斯科一開始對於哈維的父母僅用四天，就從舊金山抵達格洛斯特提出質疑。現實中，格洛斯特與舊金山實際相隔多遠？直線距離上，兩地之間有哪幾座城市？

4. 待在「在哪兒號」的甲板上釣魚和行駛平底船在海面上釣魚，兩者的利弊差別在哪？

父親的教誨（假如故事內容發生在自己身上會怎麼做？）

1. 船長狄斯科曾說過：「不要用第一印象判斷這個人的好壞。」你有遇過相處過後，發現對方和第一印象差異很大的人嗎？你對他的第一印象是什麼？相處過後發現的差異有哪些？

2. 狄斯科藉著艾瑞森船長的故事，告誡哈維「不要隨意批評一個人，免得害了人家一輩子。」你曾遇過或聽聞哪些因為謠言而遭遇不公對待的事件？你認為該如何做才能有效阻止謠言的傳播？

3. 老伽尼告訴哈維：「讀書就等於是商人為了做生意所投注的本錢。」他認為學校得到的知識與人脈，都將是未來哈維在商場的助力。你為自己的人生投注了哪些本錢？你會如何運用它們？

職業與新知（故事困境的延伸）

1. 因為父親是討海生活的船長，阿丹從小就跟著父親學習航海知識。你知道父母從事什麼職業嗎？他們有教導你哪些與他們工作相關的知識嗎？

2. 在父母的職業中，你認為哪些資訊對他們而言是新穎且具突破性的？

3. 老伽尼給阿丹一個學習新式大輪船知識的機會。如果你是阿丹，你願意離開家鄉、離開熟悉的漁船生活，去接觸新的領域嗎？為什麼？你的選擇會帶來哪些挑戰？

4. 你最近學習到的、最感興趣的新知識是什麼？為什麼吸引你？這個知識能運用在哪些領域？你會繼續學習相關的知識嗎？

航海知識（故事內容的延伸）

1. 故事中提到的海草莓是什麼？

2. 哈維和阿丹是運用什麼原理，僅靠兩個孩子的力量就將平底船從海面拉到「在這兒號」的甲板上？

3. 故事中提到要等到船上的鹽用完才會返航。你覺得鹽在船上有哪些用處？討海生活時還有什麼是必備的？

4. 故事中有幾次提到浮標的使用，你認為海上浮標的作用是什麼？航海時用的浮標，與釣魚時用的浮標有哪些相同和差異之處？

5. 海岸邊高聳的燈塔是為返航船隻指引回家的方向，你認為燈塔的燈光為什麼要設計成水平光線，並不斷地旋轉呢？

故事來源於生活（活動）

　　哈維將自己過去的生活改編成精彩的故事分享給船員們，獲得大家的好評；曼紐爾的故事大多和家鄉的風俗習慣有關；索爾特喜歡分享他的綠肥；黑人廚師講述狗兒雪中送信的感人故事。

　　試著將你的生活記錄下來，哪天你也可以與新朋友分享自己的經歷，用一個精彩的故事讓新朋友認識你的過往和家鄉吧！

國家圖書館出版品預行編目（CIP）資料

魯德亞德．吉卜林 Rudyard Kipling：叢林奇譚＆
怒海餘生 / 魯德亞德．吉卜林 (Rudyard
Kipling) 作 . -- 初版 . -- 桃園市：目川文化
數位股份有限公司 , 2022.04
面；20X13 公分 . -- (典藏文學；6)
譯自：The jungle book
譯自：Captains courageour
ISBN 978-626-95946-3-4(精裝)

873.59　　　　　　　　　　111004432

典藏文學 06

魯德亞德·吉卜林 Rudyard Kipling
叢林奇譚&怒海餘生

作　　者：魯德亞德·吉卜林 Rudyard Kipling
主　　編：林筱恬
責　　編：蔡晏姍
美術設計：巫武茂
出版發行：目川文化數位股份有限公司
總 經 理：陳世芳
發行業務：劉曉珍
法律顧問：元大法律事務所 黃俊雄律師
地　　址：桃園市中壢區文發路 365 號 13 樓
電　　話：(03) 287-1448
傳　　真：(03) 287-0486
電子信箱：service@kidsworld123.com
網路商店：www.kidsworld123.com
粉絲專頁：FB「 目川文化 」
印刷製版：長榮彩色印刷有限公司
總 經 銷：聯合發行股份有限公司
地　　址：新北市新店區寶橋路 235 巷 6 弄 6 號 4 樓
電　　話：(02) 2917-8022
出版日期：2022 年 4 月（ 初版 ）
Ｉ Ｓ Ｂ Ｎ：978-626-95946-3-4
書　　號：CACA0006
定　　價：680 元